KB153845

장금섭 수필집

희망의 편지

장금섭수필집
희망의 편지

초판 인쇄일 2024년 9월 15일
초판 발행일 2024년 9월 15일

지은이 장금섭
펴낸이 장문정
펴낸곳 도서출판 그림책
디자인 이정순 / 정해경
출판등록 제2010-000001
주소 경기도 수원시 영통구 이의동 웰빙타운로 70
연락처 TEL070-4105-8439 (010)2676-9912
E-mail : khbang21@naver.com

Copyright C 도서출판 그림책. All rights reserved.

이 책의 글과 그림의 저작권은 지은이가 가지고 있습니다.
이 책의 일부 또는 전체에 대한 무단 복제 및 전재를 금합니다.
저자와의 합의에 의해 검인지는 생략합니다.
도서 가격은 뒤표지에 있습니다.
※ 잘못된 책은 바꿔 드립니다.
Published by 도서출판 그림책 Co. Ltd. Printed in Korea

장금섭 수필집

희망의 편지

책을 펴내며

어린 시절 국민하교 때는 농가라서 형님 두 분, 누나, 남아우가 있어 비교적 자유분방하게 내 할 일만 하면서 누구의 간섭 없이 자라면서 초등학교에 다녔으며, 이 당시 소박한 꿈은 선생님이 되고 싶었다. 왜냐하면 우리 마을에 형님께서 교직에 있으면서 형제들과 우애 있게 화목하게 지내는 모습이 나름 부러웠기 때문이었다.

성당에 다니며 가정적으로 안정감 있게 교직에 종사하면서 경제적으로도 평균의 가정 모습이 내가 어린 시절에는 부러웠기 때문이다. 가끔은 이런 생각을 하면서도 때론 높은 창공을 높게 날아오르는 종달새를 보면서 비행을 하고 싶은 꿈을 꾸기도 했었다. 중학교 시절에는 해군 장교가 되고자 생각도 했으며, 실제로 고등학교를 졸업하고는 해병대 사관생도가 되고자 몸과 정신을 단련했고 시험에 응시도 하였다. 결과는 2차까지 합격했지만 가정 사정상 꿈을 성취하진 못했다.

그 후 우리 마을 형님처럼 교사의 꿈을 가지고 있던 중에 교원 연수를 받았으며 그분의 생활 모습이 내가 교직에 삶의 이정표가 되었다. 이 길이 내가 미래의 삶의 길이라 인지했고 굳건하게 교직으로 직업을 선택하게 된 동기로 작용했다.

누구에게 내 인생을 말해 보라 한다면, 오로지 40여년을 교직에 근무하면서 학생, 학교, 교육자로 한눈 팔지 아니하고 천직으로 살았다.

교육 목표를 건강한 사람, 자신이 우대, 존중 받기 위해서는 상대방도 우대, 존중해야 하며, 자유롭게 생각하고 자기 주도적으로 탐구하면서 즐겁게 생활할 수 있는 진취적인 인성을 신장하는 교육에 중점을 두어 교육을 실천했다.
처음 학생들을 대할 때는 가슴이 떨리고 두려움도 있었지만, 창의적이고 제대로 된 교육을 해야 된다고 다짐해 좋은 성과도 보았다.

삶에서 배움은 끝이 없다. 삶을 생각해보고 추억을 기록한다는 일 행복하며 지혜로운 일임도 깨달았다. 그래서 내가 걸어온 교직자로서 사명에 여러 조각들을 이 원고지에 소담하게 담았다. 감성과 이성으로 절제된 표현의 글이 독자들에게 도움 글이 되길 희망한다. 마음에 잔잔히 흐르는 감동으로 음악처럼 느껴지는 글이 되길 바라면서, 쟁반에 담긴 장미꽃의 소망을 담아 드린다.

2024년 어느 날
張 今 燮

사랑하는 독자 여러분께

사람은 태어나서 한 번 살다 누구든 언젠가는 돌아갑니다. 그런 의미에서 우리는 잠재된 지식과 경험, 지혜를 무가치하게 넘길 수는 없지 않을까? 라는 질문을 스스로 몇 번이고 했습니다. 이런 명언에 견주어 보게 되었습니다.

"사람은 죽어서 선한 이름과 영향력을 남겨야 한다."

필자도 성실하고 겸허하게 살아왔기에, 40년간 배우고, 억누르며, 가르친 교육자로서 제자들과 후손들에게 그동안의 지식, 지혜, 경험을 바탕으로 단순하고 소박하지만 소기의 책을 출간하게 되었습니다. '인간다운 인간'을 인성, 품성 교육자로 활동한 경험과 지혜를 바탕으로 다소라도 도움이 되길 절실한 마음으로 이 책을 출간하게 되었습니다.

실제로 책을 만들기까지 원고의 작성, 수정, 교정, 추가, 삭제는 복잡하고 어려운 일임을 절감하였습니다. 고려 대상은 초중고 학생 및 대학생, 청장년층, 어르신에 이르기까지 다양하여 내용이 복잡다양해졌습니다. 그래서 필자는 다양한 종류의 글 중에서 수필 형식으로 선정했으며, 나의 희망 글, 너의 희망 글, 우리의 희망 글을 조망하여 1장, 2장, 3장으로 나누어 '희망 메시지'를 전하고 싶었습니다. 여러분과 함께 글을 읽으며 인간 사랑, 자연 사랑, 빛과 소금 같은 삶을 바라며 소망을 담았습니다.

본 책을 읽고 독자와 저자가 공감하고 공명하는 참 너그럽고 진한 동반자로 오래 기억되기를 소망합니다. 부족하거나 아쉬운 점이 있다면 너그러운 이해와 편달을 기대합니다.

새벽 3시 30분, 잠에서 깨어 창밖을 바라보니 차들이 오고 가는 소리가 마치 파도처럼 들리고, 추운 밤공기에서는 까치와 참새 소리가 적막을 깨웁니다. 범사에 감사하라. 우리는 서로 감사하며, 아끼고 사랑하며 무엇이든지 나누고 살기를 기대합니다. "마음과 생각을 나눌 수 있는 것을 나눈다면 하늘도 나눌 수 있다."라는 전례를 늘 생각하면서, 빛, 길, 진리의 도를 함께 하면 어떨까요?

감사합니다.

이 편지가 독자들에게 깊은 감동과 영감을 주길 바랍니다.

친구가 책을 낸다기에 의아해했는데, 자서전과 "내 마음에 빛이 있다면" 책에 이어 제3집의 책을 출간하게 되어 참으로 기쁘게 생각합니다. 그동안 교육자로 살아온 경험을 후세에 남기려는 면을 축하합니다.

언젠가 책을 낸다기에 "친구는 잘할 수 있어" 하면서 이야기가 실제로 진심으로 책으로 나타났습니다.

평소 성실하고 기록을 잘한 점이 책을 내는 데 큰 힘이 된 것 같습니다. 현대를 살아가는 독자들이 삶의 이정표가 되며, 혼란스러운 시대를 살아가는 이들에게 바른 생활의 참고와 교훈으로 큰 도움이 되길 바랍니다. 동창이며 친구인 선생님은 40여 년 교직에 봉직하였습니다. 주로 윤리와 생활 주임을 맡아 학생 선도에 일념이 크신 분입니다. 그동안의 경험과 지혜를 담아낸 책을 일독을 권합니다. 특히 정신적으로 방황하는 이들에게 빛과 희망의 등대가 되기를 믿어 의심치 않습니다.

- 김승환(전 농협중앙회 검사국장 파주시 지부장)

축사

존경하는 장금섭 선생님,

39년이라는 긴 세월 동안 초등학교 교육자로서 헌신하신 선생님의 노고에 깊은 감사와 존경을 표합니다. 선생님께서 아이들에게 전해주신 지혜와 사랑은 그들의 삶에 깊은 영향을 미쳤을 것입니다.

이번에 발행하신 "희망의 편지"는 단순한 책이 아니라, 선생님의 삶과 교육 철학이 담긴 귀중한 유산입니다. 이 책을 통해 많은 이들이 희망과 용기를 얻고, 현재의 어려움을 극복하며 더 나은 미래를 꿈꾸게 될 것입니다.

선생님의 열정과 헌신이 담긴 이 책이 많은 사람들에게 큰 감동과 영감을 주기를 바랍니다. 앞으로도 선생님의 지혜와 경험이 많은 이들에게 전해지기를 기원합니다.

장금섭 선생님의 39년간의 헌신과 노고를 기리며, 그의 새로운 책 "희망의 편지" 발행을 축하드립니다. 다시 한번, "희망의 편지" 발행을 진심으로 축하드리며, 선생님의 건강과 행복을 기원합니다.

감사합니다.

– 방훈(도서출판 그림책 발행인, 인향문단 회장)

나이는 숫자에 불과하다면서 지금까지 살아온 흔적을 돌아보고, 그동안의 삶의 이야기를 다음 세대에 전수하려는 용기가 결코 쉽지 않은 일인데, 틈틈이 글을 모아 책으로 펴낸 친구의 열정에 큰 박수를 보냅니다.

"에야! 너 장래 뭐가 될래?" 물으면 "나는 선생님이 될래요" 했을지도 모르겠네요. 그 당시 학교에 가면 선생님과 교장 선생님이 최고로 높이 보였고, 훌륭하고 멋있는 분으로 보였기 때문일 것입니다. 국민학생 시절이었기에…

우리가 어려서 함께 자라던 고향은 지리적 입지가 매우 열악한 산골이었습니다. 하루에 겨우 한두 번 먼지를 일으키며 도로를 다니는 버스가 유일한 교통수단이었고, 그곳에서 우리의 모델은 공부를 가르쳐 주는 선생님이셨습니다. 그래서 어린 시절 꿈은 선생님이 되는 것이 인생의 목표가 되었으리라.

그 후 친구는 학창 시절을 성실하게 부지런히 보냈고, 배움에 진력해 교직에 입문하여 40년을 오로지 교육자로 보냈습니다. 지금은 1남 3녀의 자녀들을 모두 대학교육까지 시켜 출가시켰으며, 은퇴 후 멋진 인생 2막을 보람 있게 보내는 친구는 늘 주변의 부러움을 샀습니다.

고향에서 22년의 교직 생활을 통해 어린 학생들을 지도하다가 임지를 수도권으로 옮겨, 꿈 많은 청소년 학생들의 소질과 인성을 어울리게 미래 교육을 심도 있게 연구하였으며, 자기주도적인 탐구 학습을 장려했습니다. 바른 심성 교육과 다양한 교육 분야에 꾸준히 연구 노력한 결과, 인성교육 1등급(賞) 및 사회부총리 표창장, 한교총회장 상, 모범공무원 표창, 대통령 훈장까지 받으며 오늘을 일구어온 친구는 교육 현장의 참 스승이셨습니다. 우직한 황소처럼 생활하였습니다.

100세 시대를 산다고 그동안의 경험을 지혜로 나눔을 실천하며, 앞으로도 심신이 건강하고 더욱 빛나는 인생 2막에 서광이 비추길 바라면서 언제나 좋은 친구로 동행하길 기대해봅니다.

2024년 어느 날에 친구의 축사를 쓰면서

임동일(前 세명컴퓨터고등학교장, (사) 한국청소년동아리연맹부총재)

참다운 교육 종사자

현장에서 교육이론과 실무를 병행하며 살아 움직이는 교육자.

저자 장금섭 교장 선생님은 교직을 천직으로 삼으시고 국가와 민족을 사랑하는 지극한 정성으로 몸과 마음을 바쳐 경기 교육 발전과 대한민국 평화와 번영에 전심전력하였으며, 신념과 긍지를 지닌 초등 교육 발전을 위하여 39년의 자랑스럽고 명예로운 교육공무원직을 퇴임하였습니다. 그동안 현장 경험을 기반으로 교직의 입문, 경험, 발자취를 정리하면서 가정, 사회, 국가에 조금이라도 고마움과 감사함을 남기고자 조심스럽게 "어제, 오늘 그리고 내일"이라는 자서를 겸한 사진집을 출간하게 되었으며, 아직도 무언가 일해야 한다는 기대와 희망으로 제2의 수필집을 펼치게 된 선생님의 열정과 끈기에 격려와 찬사를 드립니다.

아무쪼록 신념을 이루시되 건강에 유념하시면서 모든 글을 읽는 이들에게 거룩한 양식이 되기를 희망하며, 좋은 글을 펼쳐 주셔서 거듭 감사드립니다. 선생님께서 가진 가치관 '덕건명립(德建名立)', '하늘은 스스로 돕는 자를 돕는다.' 신념은 근실, 성실, 확실을 실천해 온 것처럼 미래에도 현대를 살아갈 독자들이 선생님의 책을 읽고 잔잔한 마음의 교훈과 울림으로 오래 남기를 바랍니다.

그리고 39년의 교육자로서 공직자로서 제2막을 시작하는 출발점에서 큰 꿈을 알리게 평소 준비와 자료를 모으고 경륜을 통합해 수필집을 출간하는 의지와 용기에 큰 행운이 함께 하길 빌며 언제나 하느님의 은총과 평화가 가득하길 기원합니다.

저자는 공직 생활을 시종 초등학교에 근무하시며 한 우물을 파셨고, 성실과 사랑과 정성 그리고 집념으로 교육의 본무에 업적을 인정받았습니다. 이에 고맙고 감사하는 마음으로 추천서를 드립니다.

바쁜 공직 생활 가운데도 급변하는 시대에 뒤지지 않기 위하여 교육대학원을 마쳤고, 교육의 혁신과 변화를 주도적으로 이끌어 왔습니다. 특히 '사람다운 사람 교육을 위하여' 인성교육에 지대한 관심과 연구 노력으로 경기도 교육감 표창, 교육부총리 표창 및 대통령 홍조근정훈장을 받는 등 교육을 명예롭게 마쳤습니다. 또 다른 제2의 인생 2막을 새로운 도전으로 수필집을 내면서 귀한 결실을 맺기를 성원하며 열렬히 응원합니다.

장영하(변호사)

눈을 감고 한 사람을 떠올리고 눈을 떠 거울을 보면, 거울 속의 내가 미소를 짓고 있다면 생각한 그 사람의 인상이 긍정적으로 투영되었다고 합니다. 젊은 사람이 연장자를 평가하기보다는 이미지로 판단하는 의미에서 좋은 방법일 것입니다.

자서전으로 스스로 살아온 인생 여정을 한 권의 책으로 정리한다는 것은 그만큼 자신의 삶에 흐트러짐이 없었다는 것에 대한 자신과의 약속일지 모릅니다.

아내를 만나고 아내의 가족과 한 가족이 되면 평가의 대상이 아닌 그냥 가족의 일원이 됩니다. 아내의 아버지이자 장인어른으로서의 법적 관계 이상의 인간관계는 항상 조심스러운 관계가 될 수 있습니다. 사위가 되어 가족의 일원으로 장인어른을 보면, 그 시절이 그랬듯이 항상 평온한 가정을 위해 한평생을 살아오신 모습이 보입니다. 장인어른은 가족을 어느 누구보다 안전한 자리에서 성장하고 보호하는 가장으로서의 역할을 충실하게 살아오셨음을 볼 수 있습니다.

자신에게 엄하고 규칙적으로 살아온 삶 자체가 아들과 딸들의 인생의 지표가 되어주었고, 가족의 행복을 지켜왔습니다. 초등학교 선생님으로 한평생 어린 학생들에게 꿈과 희망을 심어주는 역할을 하셨습니다. 살아오신 삶이 옳고 곧아서 많은 재미는 덜하지만, 항상 믿음이 있는 굳은 마음을 볼 수 있습니다.

앞으로의 여정이 어른으로서의 삶과 아버지로서의 책임도 있겠지만, 이제는 행복이라는 단어로 표현되었으면 좋겠습니다. 이제 와서 무엇을 하라가 아니라 아직도 할 일이 있고 꿈이 있다는 의지로 항상 실천하는 모습이 가슴에서 느껴집니다. 그동안 가족을 위해 희생하여 많은 꿈을 접었지만, 이제는 장인어른만을 위한 행복한 삶을 애써 빌어봅니다.

아버님의 인생관은 "인간답게 사는 것"입니다. 인간답게라는 것에는 올바르고 곧음이 함축되어 있습니다. 부끄럽지 않은 인생을 살아왔다는 것을 알 수 있습니다. 또한 "일상은 성실하고, 겸손하게 지내자"라는 가치관으로 장인어른의 삶을 짐작할 수 있습니다. 앞으로는 약간은 삐뚤어 재미도 더하는 삶이 되시길 기원해봅니다.

오늘 다시 한번 거울을 보고 장인어른을 생각하고 눈을 뜨면, 아내의 아버지로서 안전하게 지켜주는 큰 나무로 미소 짓게 합니다.

성열웅(재)한국경제조사연구원 원장/사)한국음악문화협회장/월간색소폰발행인)

장금섭수필집

Carte

희망의 편지

ostale

Carte

ostale

Carte

Postale

읽는 분들에게 드리는 글

우선 이 글을 읽는 분들께 진심으로 감사를 전합니다.

본 글은 형식이나 규정에 얽매이지 않고, 일상생활에서 일어난 현상이나 경험을 보고, 듣고, 생각하고, 느낀 대로 다양한 소재들을 모아서 자유롭게 쓴 글입니다. 빛이 우리 인간에게 따뜻하고 포근한 혜택을 주는 것처럼, 필자 역시 가능한 태양, 별, 빛의 소재나 긍정 에너지를 담은 소재들을 주로 많이 쓰고 다루려 노력했습니다. 하지만 부족한 부분을 감출 수 없습니다. 양지하고 봐 주시면 좋겠습니다.

"어둠은 빛을 이길 수 없습니다."

해바라기는 해를 향해 고개를 돌리며 해를 따라서 자랍니다. 세상 사람들은 다양한 생각과 다양한 직업으로 각자의 특성과 재주를 발휘하며 세상에 공헌하고 자신의 주장이나 생각을 글로 쓰며 살아갑니다. 그리고 인정받고 살고자 합니다. 본 글은 명사의 글이 아니지만, 누군가는 말했습니다. 일상의 평범한 일이 진리라고 공감될지 모르겠지만, 필자는 40년 동안 교직을 실천하며 경험한 일 중에서 쌓아온 간단한 주제나 문장의 글을 틈날 때마다 메모지나 일기장에 모아 퇴임 뒤에는 글다운 글을 펼치려는 소망을 간직하고 지내왔습니다. 그 결과물을 이번에 펼치게 되었습니다. 조심스럽지만 너그러운 이해와 혜량으로 일독을 권합니다.

우리들이 힘들고 지쳐있을 때, 한 편의 시가, 한 통의 편지가, 명사들이 남긴 명언 한 구절이 삶에 희망과 용기가 될 수 있습니다. 더없는 용기와 기쁨이 된다면 감사로 여길 것입니다.

사람은 평생을 알아가는 과정의 학습 사회라고 합니다. 오늘의 지식은 오늘로 일신하고 내일의 지식은 내일로 족하다는 일일신우일신(日日新又日新) 명제를 함께 생각해 보고자 합니다. 늘 새롭게, 알차고 신나게 앎의 기쁨을 누리시길 기원하며, 인정받는 빛 같은 존재가 되길 바랍니다. 필자는 지금까지 살면서 소중하고 기억해야 할 가치관을 정립했습니다. '하늘은 스스로 돕는 자를 돕는다'는 신념과 사람 삶의 세 가지 선택이 너무나 값지고 소중함을 깨닫게 되었습니다. 이미 다 지난 선택들이지만, 독자들께서 필요에 따라 활용, 응용, 적용해 보길 부탁드립니다.

끝으로 첨언합니다. 인생 삶의 세 가지 선택 사항인 가치관의 선택, 직업의 선택, 배우자의 선택, 이 선택을 올바르게 해서 빛나고 행복한 인생을 살기를 바랍니다. 선택과 집중, 함께 관심과 사랑 그리고 양서의 다독을 권하면서 이 글을 맺고자 합니다.

감사합니다. 고맙습니다.

- 필자의 아내 조정례의 작품

정태운 꽃시집

꽃도 사랑을 하더라

시인의 말

1일 1시…

쓰기를 시작한 지

어언 8년째를 맞이하고 있다

그리고 이제 7번째의 시집을 발표한다

스스로 생각해도 내가 자랑스럽고 대견하다

이번 시집은 우리 주위에 있는 꽃들이

사랑을 노래하고 이야기할 때

눈여겨보고 귀담아 두었던 꽃들의 이야기를 모아서

시집으로 발표하게 되었다

꽃들은 침묵하는 것 같으나

자신들의 이야기를 한다

어떤 땐 설움, 어떤 땐 기다림으로 이야기를 한다

7번째 시집 "꽃도 사랑을 하더라"는

그러한 살아있는 꽃들의 노래를 모아서 시집을 낸다

진정으로 많은 독자들이 이 책을 읽고 공감하여

기쁨을 얻기를 바라는 마음 간절하다

또한 이 책이 나오기까지 여러모로 힘 써준 여러분들 특히 이 책의 표지글을 써준 팬클럽 '시인 정태운의 뜰' 밴드장이자 캘리그라피 위원장인 향설 최승아 작가님과 정태운의 뜰 유대형 회장님과 총무국장 박선화 작가님에게도 심심한 감사의 마음을 전하며 팬 여러분의 기대에 부응하는 참다운 시인으로 거듭나기를 사랑과 관심을 가지고 지켜봐 주시기를 바란다

2024년 3월 어느날

정태운 시인 약력

1.이름
정태운鄭泰運
호 南川
주소 : 부산시 동래구여고북로73번길 37
팬밴드 : 시인 정태운의 뜰

2.등단
청옥문학 시·시조등단

3.시집
공저 : 윤보영·김도연·정태운
사랑과 칭찬을 커피 향기로 물들이다

정태운 개인시집 :
6집 또다시 이별 위에 설 것을 알면서
5집 어머니 전언
4집 사랑도 와인처럼
3집 그대를 만나야 피어나는 꽃이고 싶다
2집 내 마음에 머무니 사랑입니다
1집 사랑한다고 말할 때 사랑의 꽃이 피고

4.수상경력
부산시장표창(2018.3)
충열문학상 우수상(2019)
시의전당문인회 작가상(2020)
부산시청소년지도대상 시문학대상(2020)
부산시문인협회 회장상(2021)
문화체육관광부장관 문학특별공로상(2021)
포랜컬쳐 문예상(2022.6)
김해예총갤러리 문예상(2022.8)
문학사랑신문 문학상 대상(2022.9)
문학고을 작가대상(2022.10)
경남도지사표창 문화예술대상(2022.10)
문학신문 올해의최우수작가상(2022.10)
파리 아콜어워드상(2022.10)
오사카문학상(2022.11)
문화봉사국회의원표창(2022.11)

시의전당대상(2022.12)
동양문학대상(2022.12)
환경부장관표창공로훈장(2022.12)
부산시장표창장(2022.12)
히말라야유명작가초청전우수상(2023.1)
문학사랑신문시화전우수작품상(2023.2)
제6회남명오솔길시화전경의상(2023.3)
제42회무궁화문학상대상(2023.4)
제1회신정문학올해의작가상(2023.6)
제27회천재문학상(2023.6)
소망나비문학상시부문 대상(2023.7)
원로예술회의 예술훈장(2023.8)
제4회종아졌네문학상대상(2023.9)
초음문학상대상(2023.10)
한국신기록 : 국내최초와인시집인증(2023.10)
자랑스러운세종인상(2023.12)
윤동주별문학상(2023.12)

5.
시의전당문인협회후원회장
문학고을문학회수석고문
새부산시인협회이사
부산불교문인협회이사
대한시문학협회자문위원
동래문인협회부회장
문학신문문학회부회장
열린동해문학회자문위원
알바트로스시낭송회이사
한국문인협회회원
세계한민족무궁화연합회대표시인
부산문인협회특별위원
국제펜클럽회원
(주)대한환경이엔지대표이사
(주)DH환경측정연구소대표이사
前재부세종고총동창회회장
前BWS와인스쿨총동문회부회장
브라보남성합창단부단장
론와인기사
필리핀 국립노스웨스트사마르대학교석좌교수

축사

정태운 시인의 일곱 번째 시집

"꽃도 사랑을 하더라" 발간을 축하드리며

- 방훈(시인 · 인향문단 회장)

정태운 시인의 일곱 번째 시집인 "꽃도 사랑을 하더라" 출간을 축하드립니다. 이 작품은 그 자체로 아름다운 꽃밭 속에서 피어난 시들로 가득한 보석 같은 책입니다. 정태운 시인은 세상, 자연, 그리고 특히 사람을 사랑하는 마음을 시로 풀어냈습니다.

"사랑도 와인처럼" 시집에서 정태운 시인은 와인을 통해 사랑과 인생의 순환을 표현했습니다. 와인은 향기와 맛으로 사랑의 다양한 면모를 담고 있죠. 이와 같이 "꽃도 사랑을 하더라"는 꽃을 통해 사람과 자연, 세상을 사랑하는 시인의 마음을 품고 있습니다.

"꽃도 사랑을 하더라" 시집은 정태운 시인의 마음이 꽃잎처럼 피어나는 작품입니다. 그는 세상을 사랑하며 자연 속에서 영감을 받았고, 그 속에서 꽃의 아름다움을 발견했습니다. 이 시집은 우리가 살아가는 세계를 더욱 사랑하게 만드는 시들로 가득 차 있습니다. 꽃의 향기와 색채가 시어의 감성을 물들이며, 사람과 자연, 그리고 사랑에 대한 미학을 전합니다.

정태운 시인의 시집 "꽃도 사랑을 하더라"는 우리가 살아가는 일상 속에서도 사랑을 발견하고 느낄 수 있음을 상기시켜 줍니다. 이 책은 꽃을 통해 우리의 마음을 따뜻하게 만들어주는 향기로운 여정입니다.

정태운 일곱 번째 시집

꽃도 사랑을 하더라

제2부 나무꽃

제3부 마음꽃

정태운 꽃시집

꽃도 사랑을 하더라

1부 풀꽃

삶이 너를 닮아서
인생이 너처럼 떠돌아서

강아지풀

오요, 오요, 오요요~
부르면 추억이 달려온다
손바닥 위로 어린 시절이 온다
강아지 한 마리 온다

누렁이는 10여 년 이상을 사는데
수강아지 갯강아지 자주강아지는
1년만 산단다

천지에 늘어서 살고
이제는 구황식물로 이름도 낯설지만

오요, 오요, 오요요~
부르면 지금도 달려온다

※ 개화 : 7월에서 9월
※ 꽃말 : '동심'과 '노여움'

개구리밥

삶이 너를 닮아서
인생이 너처럼 떠돌아서
부평초인데
하필이면
개골 거리는 개구리골에서 너를 만나는구나
그래도
개구리에겐 너는 보배란다

※ 개화 : 7월말~9월초
※ 꽃말 : 나그네, 떠돌이

개망초

묵정밭에 어김없이 찾아와
여정을 풀었네

곤충들 새들 안쓰러워
작은 미소로
동무들 불러 보금자리 나누고
하얀 설상화에 황색 짝꽃을 피운 네 모습
영락없는 계란꽃이구나

귀화해 나라를 망친 적도 없는데
비슷한 모습했다고 개망초라니
이름답지 않은 이름을 받고서도
불평 한마디 없구나

그러고도 미소들 모아 들녘 가득
웃음으로 채우는
네 화해의 몸짓이 어울림으로 자리하면
네 모습으로 행복 듬뿍 안는다
네 모습으로 사랑 가득 느낀다

※ 개화 : 4~8월
※ 꽃말 : 화해

정태운 꽃시집
꽃도 사람을 하더라

개여뀌

바소꼴에
꽃받침은 가졌으되 꽃잎이 없는
꽃

이삭 모양 꽃차례 한
자줏빛
하얀 빛의 꽃은
배고픔 달래려 함이냐

갈바람 날리면
윤이 나는 갈색 머리하고
누굴 기다리는가

※ 개화 : 6~9월
※ 꽃말 : 나를 생각해 주세요

거북꼬리

정태운 꽃시집
꽃도 사랑을 하더라

산지의 그늘진 곳이 나의 집이다
여러 해를 살기에
텃세를 하기도 하지

내 모양이 우스꽝스러우냐
느린 거북이 꼬리를 닮았다해서
그게 내 이름이다

꽃 같지 않은 꽃이라고 말하지 마라
밤꽃도 나와 비슷하거늘
축 쳐진 밤꽃보다
하늘을 향한 연한 녹색의 내 꽃이
더 당당하기에 꽃이 아니라고 하지마라

그래도 날 사랑하는 이에게
나물 먹이고 장아찌 먹이고
약초로 효능을 보이니
여느 풀보다 곱지 않느냐
이렇게 사랑의 흔적을 남기니…

※ 개화 : 7~8월
※ 꽃말 : 사랑의 흔적

고마리

너에게 보내는 작은 미소
나에게 보낸 환희

줄줄이 꿰차고 앉은 자리마다
작은 무리 무리
깨달음을 이루라고 연화대를 모았다

앙증맞은 연꽃들이 지상에서 피어나면
흰좌대
분홍좌대
냇가에 대령하고
흰구름 그늘진 곳마다
꿀 같은 설법에 등달아 피어나는
꽃떼

※ 개화 : 8~9월
※ 꽃말 : 꿀의 원천

고들빼기

갸륵하게도
기다려 꽃을 피우네
들꽃으로

바위틈 산자락 외진 곳에서
하염없이 기다렸단다
강쇠바람을

또바기 마음으로
향기로운 가을을 수놓기 위해
노란 꽃잎을
풀끝마다 달고서
깃발 되어 나부낀단다

※ 개화 : 7월에서 9월
※ 꽃말 : '모정', '순수', '헌신'

광대나물

자줏빛 목덜미에
보랏빛 입술 아래로 내밀고
봄을 음미한다

연화대에 앉아 세상을 보는가
호화스러운 보물 숨겨 둔
보석함인가

세상을 웃기려는
광대의 알록달록한 치장은 아닐진대
서글픈
어릿광대의 사랑을 담았다

※ 개화 : 2월부터 4월
※ 꽃말 : '그리운 봄, 봄맞이'

괴불주머니

기다란 꿀주머니 차고서
초대하지 않았어도
어느새 찾아와
친근하게 옷매무새를 장식하누나

남루하지 않게
내 가까이
너 가까이
잔잔한 미소 보이며
두 해를 머물다 간다

자랑하고픈
보물 주머니 속
무얼 담았니
무슨 꿈을 감췄니 물으면
희망의 주머니라고 답했으면 좋겠다

※ 개화 : 4, 5월
※ 꽃말 : 보물주머니

정다운 꽃사전
꽃도 사랑을 하더라

구절초

에움길 돌아선 곳에
순백의 하얀 영혼을 담은
어머니 손길 같은 꽃이 피어 있어요

차가운 밤이슬도 마다않으시고
자식 사랑으로
머리 곱게 빗고 선
흐트러짐 없는 모양새 보이신
꼿꼿한 모정의 마음 담은 꽃

이제나저제나
애타는 어미의 마음
긴긴날
자식 생각으로 애태우신
어머니의 사랑이
가을 향기를 담고 피었나 봅니다

파란 하늘 향해 간절함 모으고
사랑과 염려의 눈매마저 눈부신
하이얀 모시적삼 입은
어머니의 마음
그 따스함이 가을을 받들고 있어요

※ 개화 : 9월에서 10
※ 꽃말 : '어머니의 사랑', '순수', '가을의 여인'

까마중

꽃차례에
꽃대를 드리울 때는
그저 아무 곳에서나 자라났기에
눈여겨보지 않았습니다

수수한 모습 속에서
우산살 모양의 꽃을 피웠을 때
풀꽃이 이토록 깜찍하구나
놀람을 안겨줍니다

푸른 열매 맺어
중머리처럼 까맣게 익으면
배고픈 어릴 적 간식으로 다가오던
동심을 담은 어제의 회상

버려 둔 곳에서
얼마나 유용함이 내재되어 있는지
늦게서나마 약효를 알게 됩니다

※ 개화 : 5~7월
※ 꽃말 : 동심, 단 하나의 진실

정태운 꽃시집
꽃도 사랑을 하더라

꽃양귀비

너를 본 뒤
밤새 뒤척였다

볼수록 새록새록 정겨워
온 밤을 지새웠다

오늘 또 만날 수 있을까
뜬눈으로 기대감 안고
마주 대하면
감미로운 향기 가슴을 파고든다

참 이쁘다
참으로 곱다
그러나
이것도 덧없는 사랑이란다

※ 개화 : 5월부터 8월
※ 꽃말
흰색 : 잠, 망각
붉은색 : 위로, 위안, 몽상
자주색 : 허영, 사치, 환상
노란색 : 풍족함

냉이

나의 모든 것을 바칩니다
숭고하기 까지한
고귀한 마음을 품고

꽁꽁 언 땅을 뚫고
사랑은 그렇게 자라났어요
당신을 위해

내가 가진
하얀 십자형 목걸이는
오직 당신을 위한 헌신의 상징

누구의 손결과
혼돈하지 마세요
내 향기는
오직 당신을 위한 탄생이니까요

※ 개화 : 3,4월
※ 꽃말 : 나의 모든 것을 바칩니다

금낭화

얼마나 그리웠으면
길마다
등불을 밝히고

얼마나 사랑스러웠으면
온통 환영의 초롱을 흔들까

조롱조롱
졸망졸망
당신을 따르겠다는 순종의 말에
웃음으로
아름다운 금주머니를 전한다

※ 개화 : 5월부터 7월
※ 꽃말 : '당신을 따르겠습니다'

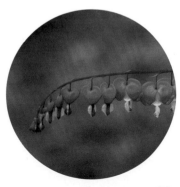

기생초

해바라기처럼
해를 따르기 싫어
샛노란 마음에 태양을 품었다

시린 아픔 가슴에 담아
전모를 쓰고
어디를 나들이 하셨나요

수줍은 각시의 자태도 잊고
기쁨을 향한
간절한 기도는
더위도 무섭지 않다
열망의 햇살에 더 아름다워라

※ 개화 : 7월에서 10월
※ 꽃말 : '추억', '간절한 기쁨', '다정다감한 그대의 마음'

꽃무릇

그리움에 눈시울 붉혀 숲이 물들고
빨간 꽃잎 휘저으니 하늘이 우네

붉게 수놓아 화려한 의상 하면
님이 날 찾을 수 있을까

날마다 부르는 소리는 절규가 되고
그리움에 목을 매니 피를 토한다

님을 찾아 주오
내 사랑을 안겨주오

너 떠난 뒤
그렇게 찾는 님이 오신다니
네 설움이 쌓여 발아랜 독이 쌓인다
이룰 수 없는 사랑이여!

※ 개화 : 9월에서 10월
※ 꽃말 : '이룰 수 없는 사랑, 슬픈 추억,
죽음, 환생, 잃어버린 기억'

나팔꽃 1

따따따 따따따 주먹손으로~

까마득한 동심이
꽃으로 하여 노래로 살아온다

넝쿨 따라 하늘로 올라갔던 마음이
나팔 불고 오는 어른이 되어
동네 어귀 울타리 타고서
여기저기 기웃거린다

동심에 물든 샛바람도
빙그레 미소로 찾아오면
사랑표 줄줄이 달고서
낯선 나라에 와서 터를 잡았다

흩어진 추억 꽁꽁 묶어
빈터마다에
푸른 분홍빛으로
하양으로
세상을 물들이고 있다

※ 개화 : 7월 ~ 8월
※ 꽃말 : 결속, 허무한 사랑

정태양 꽃시집
꽃도 사랑을 하더라

나팔꽃 2

얼마나 그리우면 꽃으로 피었을까
부르고 부르짖어 나팔을 대신 켠만
우리님
귀머거리냥
들은 척도 않더라

※ 개화 : 7월에서 8월
※ 꽃말
흰색 : 인연, 넘치는 기쁨
파란색 : 허무한 사랑, 덧없는 사랑, 짧은 사랑
분홍색 : 충분하지 않은 기분
붉은색 : 덧없는 열정적인 사랑
보라색 : 냉정, 평상시

노루귀

분홍빛 자줏빛
새 하양
귀티가 흐르건만
소담하게 피어올라 봄볕도 안았구나

은근한 풍미 갖춘 자태
아리따운 규수인데
잎새 피어날 때 노루귀 닮았다지만
걸맞지 않은 이름에도
개의치 아니하고

산기슭
양지바른 곳에
호젓이
봄나들이 나왔네

※ 개화 : 4월에서 5월
※ 꽃말 : '인내'

정태운 꽃시집
꽃도 사랑을 하더라

능소화

임 그리는 정
주체하지 못함인가
임 발자국 소리 들으려 귀 쫑그리고
그래도 모자라
까치발 들고 담장 너머
임 보겠다 애쓰는 모습

고운 분단장이 무색하게
그리운 정
하늘에 닿으려 끝없이 오르고
뜨거운 햇살도 마다하지 않네

기다림에 울다 지쳤나
예쁜 모습 지키고 싶었나
오직 그대 아니면 피어 있기도 싫었나
꽃잎 지기도 전에
통꽃으로 떨어지네

※ 개화 : 8월 ~ 9월
※ 꽃말 : 여정, 명예, 이름을 날림

뚱딴지

국화라 할까
작은 해바라기라 부를까
키다리 모습에 시야가 즐겁다

돼지 먹이였다지, 아마
알아주는 이 없어도 꿋꿋이 살아왔다
북아메리카에서 이민 왔으니
낯설기도 해서
엉뚱하고 생경스러운가
뚱딴지라니

고운 꽃들이 피어 가을 하늘을 받들고
가만 다가가면 키다리 아저씨 같이
포근히 안아주는 꽃
텃밭 언저리에 버리듯 심어주어도
가을엔 웃음으로 만나는
미덕

※ 개화 : 8~9월
※ 꽃말 : 미덕, 음덕

정태운 꽃시집
꽃도 사랑을 하더라

라벤더

지중해에서 왔다지 아마
고향 떠나 외롭지 않았니
네 침묵이 마음 아팠단다

기대하지 않았지만
연한 보라색 무리 지은 군무가
이토록 아름답게도 하는구나
혼자서는 결코
빼어나진 않지만,
함께하여
비로소 꽃이 되고 여인이 되네

은은한
보랏빛 향기 그윽하게 퍼지면
햇살 속으로
잔잔한 여운이 아롱져 온다

※ 개화 : 6월 ~ 9월
※ 꽃말 : 침묵, 정절, 나에게 대답하세요

망초

풀섶 빈 공터에도
어김없이 네 생명력이 타고 나건만
네 모국이 아니라
네 귀화한 시기가 마땅찮았구나
신문물과 함께 온
네 잘못이 크다

나라를 망친 꽃
이젠 백수십 년의 세월도
훌쩍 지났으며
네 자손이 몇 수십 대를 거쳤으니
네 조국이다
풀꽃아

이제는
우리가 화해의 손을 내밀마
이 강산에서
마음껏 피어라
우리의 풀꽃이여

※ 개화 : 7~9월 두해살이풀
※ 꽃말 : 화해

정태운 꽃시집
꽃도 사랑을 하더라

메밀꽃

가을의 시작부터
눈이 내리고 있다

더위에 지친 심신을 위로하며
파도의 잔해들이 부서져 뒹굴고 있다

어울려 비로소 별강이 되는 은하처럼
무리진 모습 속으로 파묻힌 꽃송이

하얀 달밤을 더욱 돋보이려고
상하지 말고
지지 말라고
뽀오얀 소금을 뿌렸나 보다
고운 연인의 사랑 영원하라고

※ 개화 : 9월 ~ 10월
※ 꽃말 : 연인, 사랑의 약속

맥문동 I

그렇게
보라의 향기로 다가오면
매혹의 유혹이 되지

그렇게
미소 머금고 스며오면
여름의 그늘처럼
찾아 나서지

화려하지 않은 겸손으로
은근한 사랑을 안겨주는
흑진주

사시사철 푸른
절개에
기쁨 넘치게 받는 꽃

※ 개화 : 5월부터 8월까지
※ 꽃말 : '겸손', '인내', '기쁨의 연속'

정태운 꽃 시집 꽃들을 사랑하리라

맥문동 II

예전엔
산에서 띄엄띄엄 피어나서
약초꾼 눈에 들어
외로움 달랬건만
이제는 친정집 나들이 한 양
화단마다
번잡기가 요란하다
대가족 몰고 와서 앞마당 차지하고
삭막한 겨울도 마다않고 푸르르다
여름이면
보랏빛 향기 자욱이 깔고
친정집 조카들 사랑을 맺어 줄까
푸른 잎새 사이 쏟아나 유혹한다
검은 열매
사랑의 보석으로 알알이 맺어 준다
사철을 인내하고서도
겸손히 피어나는 보랏빛 꽃대
청초한 아름다움이여!

※ 개화 : 5월부터 8월까지
※ 꽃말 : '겸손', '인내', '기쁨의 연속'

물망초

누구는 잊지마라 하고
누구는
잊어라 한다

진실한 사랑은
잊을 수가 없나니

여러 해를 나고 자라도
잊을 수 없는 꽃
하늘빛 닮은 꽃

나도 잊지마라 말한다
진실한 사랑을

※ 개화 : 7월에서 8월 사이
※ 꽃말 : '나를 잊지 마세요, 진실한 사랑'

민들레

말하지 않으련다
말하면
가슴에 자란 사랑이 도망가 버릴까
마음 조이며
싹 틔워 고이 간직한 봄꽃
말하지 않으련다

봄 되면
피어나는 노란 꽃잎
때 되면
꽃 피고 홀씨 되어 날아가리라

※ 개화 : 4월에서 5월 사이
※ 꽃말 : '행복', '감사하는 마음', '내 사랑을 그대에게 드려요'

방가지똥

사람들은
애써 둘러 가는 길을 택했다
피해 가야만
피어서는 안 되는 꽃을
보지 않을 수 있으니

보도블록 사이에
망초며 민들레며
뽀리뱅이도 피어나건만

네 모양이
거친 톱니바퀴 잎새를 했다 해서
씀바귀 같기도 하고
고들빼기 같은
네 꽃잎을 외면하느냐
스스럼없이 다가오는
억센 풀꽃이여!
들국화여!
그래도 나는 정스러워
너를 반긴다

※ 개화 : 5월부터 9월
※ 꽃말 : 정

정태운 꽃시집
꽃도 사랑을 하더라

배초향

여기저기 양지 바른 곳이면
가리지 않고 자라는 네 자리

향기 짙어
비릿한 내음 네 맘으로 덮어 주거늘

어렵지 않게
궁색하지도 않게
피어나 따뜻함으로 안아 주기에

네 꽃 피면
할머니 생각
어머니 생각
고향집 마당이 떠오른다

※ 개화 : 7~9월
※ 꽃말 : 향기, 향수

범부채

자태 빼어나
나약한 듯 하면서도 범할 수 없네

한더위 이기려고
부채꽃잎 펼치고
더위 겁주려 호피 문양하였다

계절에 항거하는
모습 속에서
주황색 그리움은 정열로 남아
태양의 열기도
정성 어린 사랑으로 안는다

※ 개화 : 7월~ 8월
※ 꽃말 : 정성어린 사랑, 성의, 개성미

정태운 꽃시집
꽃도 사랑을 하더라

별꽃

어느날
하늘의 별이 쏟아져
꽃이 되었다는 전설
꽃잎이 날리어
사라져 없네

지고 진 위에
작은 소망 담아 빛이 되었지

저버린 꽃 어디 갔을까
오늘밤 하늘 보니
별이 되었네

※ 개화 : 2월부터 3월까지
※ 꽃말 : '명랑, 쾌활, 희망, 기분전환'

복수초

섣불리 사랑을 찾아 나서고
불붙지 않은 님의 마음을 훔치려는가

내가 피어야 할 계절에
앞서 전하는 황금빛 열정이
낮에는 차가운 얼음도 녹이는구나

이른 열정에 지쳐
오후엔 가슴을 닫는 노란 입술

계절이 놀라 달아나듯
사랑도 네 입술이
무서워 달아나는데
슬픈 추억은
왜 이리 가시지 않은 겨울을 잡고 있느냐

※ 개화 : 4~5월
※ 꽃말 : '슬픈 추억'과 '영원한 행복'

정태윤 꽃시집
꽃도 사랑을 하더라

봉선화

만남을 위해 뜰 안에 심은
분홍빛 숨긴 꽃씨는
손톱에 감겨져 오는데
울 밑에 선 꽃잎이여!
'나를 만지지 마라' 외치고 있는가

세월은 바다로 흘러가고
기억은 옛날로 흘러가고
사랑은 손끝으로 흘러간다

꽃잎 물들 듯
그대 향한 사모
온몸으로 물들어 오면
성숙한 사랑
옷고름 풀 듯 풀어 보이니리

※ 개화 : 7월~8월
※ 꽃말 : 경멸, 신경질, 나를 건드리지 마세요

분꽃

작열하는 태양이 두려워
숨죽여 꽃잎을 닫고
해질녘
미소로 꽃을 피운다

삶에 고달픈 일이 오면
움츠려 기회를 기다릴 줄 알고,
인내하는 지혜로움을 갖추고선
분홍빛 입맞춤으로 다가오는 여인

화단 가득
풍성한 잎과 꽃으로 수놓으니
가을의 풍요로움을
한 여름에도
온 세상 가득하게 안겨
수줍은
새색시 볼 보듯 설레게 한다

※ 개화 : 6월 ~ 10월
※ 꽃말 : 겁쟁이, 소심, 수줍음

정태운 꽃시집
꽃도 사랑을 하더라

비비추

어디 예쁘지 않은 꽃이 있으며
사랑스럽지 않은 꽃이
또 어디 있을까
희망의 소리
주렁주렁 달고
큰 손 벌려 꽃을 피우는 모습

여러 해를 기다리는
여인의 마음이 꽃으로 피고
내 여린 가슴
독하게 다지고
비벼서 비비추인데

긴 장마 이겨내라고
가슴마다로 힘을 싣는
네 격려의 나팔 소리
기다림도 사랑도 함께
네 미소에 힘 얻어 더 사랑스럽기에
길가마다에 너를 심는다

※ 개화 : 7월 ~ 8월
※ 꽃말 : 좋은소식, 신비로운 사람,
　하늘이 내린 인연

뽀리뱅이

내 맘
알아줄 이 뉘 있어
긴 걸음 발을 내딛고
내게
따스한 말 건네줄 이 누가 있어
세월을 참아 왔던가

우뚝 돋아
작아 꽃
1년 내내 피워 봐도
이쁘다 하는 이 없으니
순박한 마음에 상처만 깊어라

해 넘어 한 해를 살아보면
꽃피운 사연
알아줄까

※ 개화 : 5~6월 해넘이 두해살이풀
※ 꽃말 : 순박함

정태운 꽃시집
꽃도 사랑을 하더라

산국 山菊

노란 꽃잎을 달았구나
들국화구나

가을속에
살포시 여민 마음
들 향기를 품었나봐

눈부시도록 파란 하늘을 향해
살랑살랑 고개질 한다

너 참 곱구나

※ 개화 : 주로 가을
※ 꽃말 : 순수한 사랑

새품

너의 이름도 모르면서
네가 꽃인 줄도 알지 못하면서
네가 아름답다 하고
네 품에 파고들어
낭만을 이야기하더라
세상 사람들

흔들려도
결코 꺾이지 않는 기개로
꽃을 피움이여

북풍이 몰아치는 날
외롭고 쓸쓸함이 올 때도
나와 함께
세파를 이기고 서자꾸나

※ 새품 : 억새의 꽃
※ 꽃말 : 친절, 세력, 활력

수선화

아름답지 않은 꽃이
어디 있으랴마는

이른 봄을 알리는
으뜸인 꽃이
또 몇이나 될까

조각처럼
빚어 너를 만들고
다듬고 단장하여 우리를 만나는 너

고운 모래톱에 자리한
자아를 사랑하는 단아한 자태이기에
네 자존심이 그리 높구나

※ 개화 : 1월부터 3월
※ 꽃말 : '자기 사랑, 자존심, 고결, 신비'

스파트 필름

불염포 하얗게 꽃잎으로 두르고
큰 잎새 사이 숨바꼭질하듯
내 맘 깊숙이 찾아오는 당신은
은밀한 그리움입니다

사랑하게 된다고
사랑하여야 한다고
그리고
사랑 밖에 할 수 없는
당신은 푸르른 여인입니다

하얀 면사포 속에
도깨비방망이 하나 숨기고도
자기를 위해 사용치 않고
우렁각시 되어
오직
님 가시는 자리를 맑혀 주며
세세하게 스며드는
당신은 세심한 사랑입니다

※ 개화 : 7월 ~ 10월
※ 꽃말 : 세심한 사랑, 우아한 심성

정태운 꽃시집
꽃도 사랑을 하더라

쑥

내가 디딘 걸음걸음 속에도
자라고 있었구나
따스한 마음
봄을 품고
돋아 올랐다
밥상머리에 향기를 뿜는다
봄내음에
사랑도 피어오른다

※ 개화 : 주로 봄
※ 꽃말 : '섬세한 아름다움, 일편단심, 은근함, 끈기, 영원'

쑥부쟁이

산과 들에
지천으로 피어나 들국화란다

하늘거림 하나에
가을이 걸리고
하늘 향한 손짓 여럿이어서
향기를 더한다

가을을 불러 놓고
가을을 보내는 손길의 흔들림

자줏빛 감도는 매무새가
새색시 옷고름 같아서
놓지도 못하고 잡지도 못해 가을이 짙다

※ 개화 : 7~10월
※ 꽃말 : 기다림, 그리움

씀바귀

나도 들국화라며
여러 해 동안 살아 민들레처럼
노란 꽃피우는 자태가 앙증맞다
잎새 사이로 피어난 모습
아이들의 어울림처럼 귀여운데
지난봄
밥상머리에 입맛 돋운
쓴 나물이 너였구나
푸른 들
푸른 잔디 사이에
노란 별꽃 심은 듯 이쁘기만 한데
네 사촌들 많아 구별하기도 쉽지 않네
씀바귀, 흰 씀바귀,
벋은 씀바귀, 좀씀바귀,
선씀바귀, 노란선씀바귀…

※ 개화 : 5월 ~ 7월
※ 꽃말 : 모정, 순수

안스리움

싱그러운 마음으로
가슴을 훌쩍 드러낸
심장의 두근거림

빛나는 푸른 잎새에
꽃대 드리우고
붉은 포엽으로
마음을 안았는가
마음의 열정을
포엽으로 감쌌는가

사랑에 빠져
낯선 이국땅으로 와서
외로워 운 적이 한두 번이었을까
행수에 젖어 그늘진 곳에 숨어 우느냐
사랑에 번민하는 마음
알 것도 같은데
태연히 마음 숨기고 선
미소 짓는 모습 이쁘기도 하다

※ 개화 : 2월에서 3월

※ 꽃말 : 사랑에 번민하는 마음

연꽃

세상의 티끌도 용납 못해
데구루루 물방울 굴리고
자태는 빼어나 선녀의 몸가짐 했다

발아랜
얼룩진 진흙탕이언만
더러움에 물들지 않고
청초하고 영롱하게 어여쁜 모습 띄우고

물가에 파문 일면
고운 마음에서 마음으로
진리의 말씀 전하려
천년의 향기도 담았다

연못가에
귀한 님 맞으려 잔 물결 일렁이면
수줍은 듯 화답하며
홍련 백련 극락화 피워내어
연화대를 만든다

※ 개화 : 여름, 가을
※ 꽃말 : 소원해진 사랑, 신성, 청결

유채꽃

혼자서 피어나선
그저 그런 노란 꽃

어울려 피어나
비로소
향기로운 미소가 되었다

함께 하여
온 세상 비단이 되고
모두를 쾌활케 하는 마법 같은 꽃

두 해를 살다 가거늘
이렇게 해마다 너를 만난다

※ 개화 : 3월, 4월
※ 꽃말 : '쾌활', '명랑', '희망'

원추리

하루만
피었다 지건만
매일을 보는 즐거움이라 좋아라

숨결이
곱고 고우니
근심을 잊을 수 있어
망우초忘憂草라고도 한다지

어릴 적 누이의 얼굴과
떠나버린 옛 여인의
모습 속에서
누군가를 기다리고 선
짙노란 마음

※ 개화 : 6, 7월
※ 꽃말 : 기다리는 마음

애기똥풀

집안은 명문
양귀비 집안 출신의 규수

4,5월의 산하엔 온통
몰래 하는 사랑으로 눈이 멀고

꺾지 않으면
보이지 않은 이름으로 은폐한 채

어릴 적 길마다
늘어진 친숙한 얼굴들이
산언저리에서 반갑게 손 내민다

어제와 오늘이
손을 부여잡는다

※ 개화 : 5월부터 7월
※ 꽃말 : '엄마의 사랑과 정성', '몰래주는 사랑'

정태운 꽃시집
꽃도 사랑을 하더라

제비꽃

납작 엎드려
봄이 오는 소리
제일 먼저 듣고서
온 세상에 소리쳐 알려도
알지 못하는 무심한 이들

산마다 길마다
피어났단다
봄이다
꽃이다
외쳤다 희망의 소리

강남 간 제비도 돌아왔구나

※ 개화 : 4월에서 5월
※ 꽃말
보라색 : 겸손, 성실, 사랑
흰색 : 천진난만한 사랑, 순진한 사랑, 순결
파랑색 : 사랑
노랑색 : 시골의 행복, 작은 기쁨
분홍색 : 희망

지칭개

자주색
도드라진 모습
하늘을 받들었다

으깨어 바르는 풀이라
짓찡개인가
쓴맛을 우려내기 지쳐서
지칭개인가

화려한 꽃들에 밀리고
단아한 들꽃 알아주지 않아
홀로 들녘에 서서
고독한 사랑
한 다발 안았다

※ 개화 : 5~7월
※꽃말 : 고독한 사랑

질경이 1

꽃으로 피어 있어도
알지 못했다
발끝에 채이고 짓밟고도
알지 못했다

울음 삼킨 소리 들리지 않아
꽃으로 피어 울고 있음을
알지 못했다

밟히고 밟혀도
시련을 딛고 일어서는 발자취 따라가면
질기고 질긴 근성 배움도 주고

길가에 흐드러지게 피어 있지만
맛난 나물이고 고마운 약초라기에
다시 보고 다시 보니
고운 꽃이네

※ 개화 : 6월 ~ 8월
※ 꽃말 : 발자취

질경이 2

꽃이 아닌 줄 알았습니다
짓밟아도
꿋꿋이 살아왔기에
함부로 대해도 되는 줄 알았습니다
강인하고
자랑스러운 꽃
발자취마다
아름다운 생명입니다

※ 개화 : 6월 ~ 8월
※ 꽃말 : 발자취

카네이션

태양을 담아 붉다고 하지만
사랑을 가득 품어
예쁘다고 하지만
내겐 시리도록 아픈 꽃

보은의 마음
마음의 작은 정성
천만분의 일이라도 표현하고파
가슴에 달아주는 꽃

해마다 하루쯤은
모두가 가슴에 품고 어루만지고
감사와 눈물을 전하는 꽃

누구에겐 어여쁘고
누구에겐 감사하고
누구에게는 시리도록 아픈 꽃

5월이 전하는
가장 사연 많은 꽃

※ 개화 : 7월에서 8월
※ 꽃말
빨간색 : 존경, 모정, 사랑과 애정
분홍색 : 감사, 열애
노란색 : 거절, 거부
흰색 : 추모, 순수한 사랑
파란색 : 응원

코스모스

한들한들 흔들며
온 세상을 장식하누나
한 해를 살아도
온 천지 들길마다 네 모습인데
얼마나 벅찬 삶이냐
살살이꽃아

하양, 분홍, 빨강으로
푸른 하늘 향해 손짓하는 모습
네 사랑
네 순정에 미소 머금고
한 아름 너를 안고 달려간단다

내게도
순정뿐인 사람이 있어
환한 미소로 날 반겨 할 사람이기에
너를 안기러 달려간단다

※ 개화 : 6월 ~ 10월
※ 꽃말 : 소녀의 순결, 순정

타래난초

사랑도 꼬여서 피는가
그리움의 꽃
아름드리 달고서도 뭔 여운이 있어
풀밭 나지막이 자리 잡고서
마음이 꼬였나

끝없는 사랑
하늘로 올리기 위해
찬찬히 분홍색 원형 꽃계단을 놓고
실타래같이 엮인
소녀의 추억을 풀어가면

잊었던 기억이
잔디밭에 누워
파란 하늘을 우러르는
청춘을 만드는가

※ 개화 : 5~8월
※ 꽃말 : 추억, 소녀

패랭이꽃

고운 매무새 하고
'석죽화' 곱게 피어나면
그리움이 어디서나 자라나더라

아낌없는 사랑 담았기에
다듬고 어우러
카네이션으로 변했다지 아마

한없이 주어도
바라지 않는 꽃
민초의 모자
패랭이를 닮아 이름했다만

가슴 아픔 안으로 삼키고
내색 않는 진정한 사랑
어머니 닮았다
울 어머니 같다

※ 개화 : 5월부터 8월
※ 꽃말
빨간색 : 순수하고 열정적인 사랑
흰색 : 손재주, 재능
분홍색 : 순수한 사랑, 순결한 사랑, 거절

큰개불알꽃

신이
이름을 지어주었더라면
분명 '하늘빛 요정'이라고 했을 텐데
몸을 낮추고
머리 숙여야 대할 수 있는
고귀한 신분
눈높이 맞추면
소곤소곤 들려주는 겨우내 이야기
겸손한 자세를 요구하는
아름다운 향기와 영혼을 가지고
기쁜 소식 전하는
앙증맞은 봄의 전령사
봄까치꽃

※ 개화 : 3월에서 5월 사이
※ 꽃말 : '기쁜 소식'

큰금계국

황금색 볏을 가진 금계金鷄를 닮아서
붙인 이름이었구나

유월 초여름을 황금으로 수놓고
거리거리마다
비단 물결 이루고
산하마다에 금빛을 펼치니
상쾌한 기분 나누는 꽃이로구나

너를 바라봐
마음이 풍요로워지니
네 고향 북미를 잊고서
우리 함께 어울려 살아보자꾸나
여기
이 아름다운 강산에서

정태운 꽃시집
꽃도 사랑을 하더라

※ 개화 : 5월에서 9월까지
※ 꽃말 : '상쾌한 기분', '희망', '용기'

튤립

겨울을 이겨
이렇게 이뻐서 콧대 우뚝 세우고
두툼한 사랑 가지셨나요

아름다움 자랑하려고
고운 빛깔만 골라 맵시 내고 선
시선 모아
사랑의 고백을 하려는가요

모두들 자신의 정원에 모시고자
명예를 앞세우고 부귀를 앞세워도
고고한 품격 갖춘 위엄에
고개 숙이는 존경심은
닮고 싶은
나의 마음입니다

※ 개화 : 주로 4월부터 5월 사이
※ 꽃말
빨간색 튤립 : 사랑의 고백 및 표현
분홍색 튤립 : 애정과 배려
보라색 튤립 : 영원한 사랑
노란색 튤립 : 혼자하는 사랑, 헛된 사랑
하얀색 튤립 : 실연, 새로운 시작과 용서

팬지

나비의 꿈을 품고
꽃이 되었을까
꽃이 되고픈 나비의 바람이었을까

꽃은 다시
나비를 꿈꿔 날고자 한다

형형색색의 치장을 하고
아름다워 사랑받고자 했던
나비의 꿈
훨훨 날아 자유롭게 사랑하고 싶은
꽃의 꿈

가슴에 피어 꽃이고
꿈을 꿔 날 수 있어 나비다

※ 개화 : 4월에서 5월 사이
※ 꽃말 :
자주색 팬지 : '나를 생각해 주세요',
노란색 : '사려깊음, 기억',
흰색 : '평화, 순결',
빨간색 : '열정적인 사랑, 열정',
오렌지색 : '에너지, 활력',
파란색 : '신뢰, 충실함'

핑크뮬리

하나하나는
하얀 줄기와 하이얀 잎새이거늘
뭉쳐 이룬 물결이
핑크빛이어라

고백을 위한
그리움들이
날마다 가슴에 모이고 쌓인
가슴앓이 사랑

가을날
그대에게 전하고픈 나의 연서들

※ 개화 : 9월~11월
※ 꽃말 : 고백

해국

내 사는 곳
바닷가 경사진
양지바른 곳이나 암벽에 자리한 체

해풍도 마다하지 않고
자줏빛 미소를 보인다

삶의 피로 또한 외면하지 않으니
이렇게 어울려 피고
이처럼 도도하다

세상사도 어떻게 생각하느냐에 있으니
나를 닮아라
나처럼 피어나 보렴

※ 개화 : 7월에서 11월 사이
※ 꽃말 : '기다림'

호박꽃

걷다 만난
흙길이 아름다워서
하염없이 울었습니다

옛 걸음 끌리어
논두렁 밭두렁 따라 걸으면
낯익은 묵정밭이
발길을 주저앉히고

돌아갈 수 없는 시간 너머로
풀섶 가득
함박웃음이
노랗게 펼치고 있었습니다

※ 개화 : 주로 여름
※ 꽃말 : '해독, 포용, 사랑의 용기'

할미꽃

보송보송
아직 솜털도 벗지 않았네

수줍어
돌아앉아 고개 숙인
보랏빛 어린 여인네

공손히
두 손 모아 안녕의 기도를
올리는 경건한 염원

이토록 아름답건만
손자 그리운 할머니 묏자리에 피어서
할미꽃인가

우리 할미꽃

※ 개화 : 4,5월
※ 꽃말 : 공경

현호색

여린 듯 애초로 와
울먹울먹
눈가에 글썽인 이슬방울을
보았을까
산길에서 너를 만났을 때
에움길에서 너를 보았을 때
얼마나 벅찬 반가움인가
보랏빛 미소 파란 웃음
다양도 하게
보물 주머니를 품었구나

※ 개화 : 4월, 주로 봄에 피는 꽃
※ 꽃말 : '보물주머니'와 '비밀'

2부 나무꽃

어디 살아가며
흠 한 가지 없는 이 있으랴.

개나리

어린아이처럼 웃고 있었다
신바람 나 웃고 있었다
봄이 왔다고

돌담 축대 위로
줄줄이 늘어서서
하나 둘 외치면
셋 넷 대답하는 아이들의 구령이 들렸다
노란 옷에 노란 가방을 멘
우리네 아이들이

3월을 알리고
거리마다 가슴마다
희망을 안겨주는 노란 손놀림
그래
이때는 마냥 웃음을 안고
거리를 나서자

※ 개화 : 주로 4월
※ 꽃말 : '희망, 기대, 깊은 정'

계요등(鷄尿藤)

어디 살아가며
흠 한 가지 없는 이 있으랴

앙증맞게 올망졸망 모여 기쁨을 주고
요정의 자그마한 종소리 울리며
곱디고운 생각을 안겨 주는데

그리 싫지 않은 닭 오줌 내음
알게 모르게 풍긴다 해서
네 자랑이 감춰지느냐

흰 꼬깔 속에 감춰 둔
자줏빛 눈웃음
귀엽고 이뻐서
작은 숲길마다에 등을 밝힌다

※ 개화 : 7월 ~ 9월
※ 꽃말 : 지혜

남천나무 꽃

작은 소망들이 열린다
작은 아카시 꽃들이 맺힌다

유월에 항거하여
가을을 예언하면
붉은 젖가슴이 태양을 품어
소망하노니

도도한 역사를 흉내 낸
여름을 향한 네 저항이 아름답다

어쩜
더위를 이겨
풍요를 위한
전화위복을 바라는 소망을 담았으니
꿈을
행복을 이루리라

※ 개화 : 5월 말부터 6월 초
※ 꽃말 : '전화위복'

능수매화

봄의 무게일까
그리움의 무게일까 꽃의 무게일까

늘어진 가지가지마다
미소를 매달고
제 처지 생각 않고
빚어낸 자태 보고
나도
미소로 화답하면

긴긴 겨울
온 힘을 다한 사랑이
꽃으로 피어난다
향기로 전해 온다

※ 개화 : 2월부터 3월 초
※ 꽃말 : '고결한 아름다움, 맑음, 충신, 인내'

동백꽃

계절이 잠든 시간
홀로인양 뽐내고 싶어
차가운 북풍도 마다하지 않았느냐

혼자여서 외로울 텐데
그 외로움도 감내하고
홀로 피고
홀로 지고
둘러봐도 네 밖에 없다

간밤
찬서리 찬바람은 어떻게 견디었고
다가올 밤
눈 내리는 밤은
또 어떻게 지새우려고

노란 꽃술에 붉은 입술한
도도한 네 맘 알아줄 테니
이 계절 지나고
봄날에 꽃 피우지 그래

※ 개화 : 11월 ~ 4월
※ 꽃말 : 누구보다 그대를 사랑합니다
　애타는 사랑

정태운 꽃시집
꽃도 사랑을 하더라

등꽃

삶은 얽히고설켜도
보랏빛 미소는 찬연하구나
꽃송이 주렁주렁 달고도 무겁지 않니

너를 보는 기쁨에
5월이 즐겁거늘
나를 버렸던 잔인한 계절에
그늘 드리웠던 삶들이
사라져 기쁜 계절

아른아른
복스러움이 오월을 얽는다

※ 개화 : 주로 5월
※ 꽃말 : '환영' 또는 '사랑에 취하다'

명자꽃

이른 봄
가시도 없이
장미로 변장한 가련한 산당화
사철 나뭇잎 위장한 체
요란스런 모습
함박 지게 넘치고 넘치네

오늘은
결 따라 너 따라나서니
핏빛처럼
알알이 표하는 탐스런 사랑

봄을 가득 안고
계절을 흠뻑 맛보게 한다

※ 개화 : 주로 5월
※ 꽃말 : 환영 또는 사랑에 취하다

정태운 꽃시집
꽃도 사랑을 하더라

목련

네 하얀 순백에
때 묻을까 하여
하늘은 비도 내리지 않았건만

네 하얀 그리움에
사랑스러움이 없어질까 하여
바람도 불지 않았건만

비도
바람도 아닌
네 설움에 고개 떨구고
새하얀 드레스 벗어 버린다

※ 개화 : 3월 ~ 4월
※ 꽃말 : 고귀함

무궁화

그대여!
빛이나 눈물이 나는 꽃이여!

한때는 삼천리 강산에
화려하게 피었나니
베어져 씨 말라버린
오욕의 설움을 잊고
다시금 금수강산에 피어나느니
그대 꽃이 피어
자존감을 찾고 자신감을 가져
떳떳함을 가진다
아!
무궁화!

불러 가슴 저미는
나라의 꽃이여!
한민족의 슬기와

단군의 얼과 민족의
자긍심을 담아라
그리고
도도히 피고 져 끊이지 않는
우리 민족의 끈기와 긍지를
보여라

세세손손 피어 향기롭기를
세계만방에 피어
한민족의 기상을 알리기를
바라고 바래어
내 마음이 든든하다
그대 꽃이 있어
내 어깨에 힘이 들어간다
자랑스럽지 않을 수 있느냐
무궁화여!
대한의 꽃이여!

※ 개화 : 7월부터 10월
※ 꽃말 : 일편단심, 무궁무진한 영원함

배롱나무 _{목백일홍}

정태운 꽃시집
꽃도 사랑을 하더라

사랑 깊어
더욱더 사랑하고
사랑해
더욱더 애틋하고
그 마음 보여 주고 싶어서
백일을 기도로 염원하였다

분홍빛 바람,
하얀 바람으로
가마솥더위에
갈망하는 마음 더한 기도로
생살 드러내고 닳아
살결이 반들반들해졌다

사랑 위한 기도는
가지가지마다
뜨겁게 꽃으로 피어
간절하구나

기도 끝나는 날
피고 지고 피고 진 꽃잎들
피를 토하듯 우르르 떨어져
여름을 놓고
부귀도 버리고
사랑과 함께 떠나고 있다

※ 개화 : 7월 ~ 9월
※ 꽃말 : 부귀, 꿈, 행복, 헤어진 벗에게 보내는 마음

벚꽃

꿈길인 듯했다
환한 미소가
하얀 그리움들이
줄지어 서서 환영하고
춤추는 나비의 무리가
사랑 노래 부르는 합창단인가 했다

웃지 않을 수 없고
행복해지지 않을 수 없는 길을 따라
미소는 이렇게 찾아오는가 보다

화사함과
따스함이 꽃으로 피고
무리 지어온 축복을
춤사위로 맞이하며
가슴속까지
즐거움과 기쁨이 환호하는 꽃길

※ 개화 : 3월말 ~ 4월
※ 꽃말 : 결박, 정신의 아름다움

정태운 꽃시집
꽃도 사랑을 하더라

산수유

아마도
너의 어린 마음
동심의 세계를 나타내고 싶었느니

개나리에 빗대어
높이를 갖고
여린 감수성을 가지마다 달고
병아리 눈으로 세상을 바라보고 싶었니
온통 노란 천지
온 세상을 어린 눈동자로 말이다

그렇게
바라보는 마음이
사랑이고 싶어서
노란 물감을 툭 터트렸다

봄이라고
봄이다 하고

※ 개화 : 2월 중순부터 3월 초
※ 꽃말 : 인내, 기다림

산조팝나무 꽃

몽실몽실
하얀 땅구름이
솟아오르면
봄볕은 짙어 도로변을 흰 물결로 수놓고

겨울에만 하얀 게 아니라
봄에도 순백의 세상일 수 있다 외치는 소리

사랑에 순결이 필요하다면
세상의 숨결에 진실이 필요하다면
헛수고라 이야기 마세요
여기
피어나 보일 테이니

나는 이롭고 널리 쓰이고
효심 어린 마음까지 담긴
장미과 수선국이랍니다

※ 개화 : 4월에서 5월
※ 꽃말 : 헛수고, 하찮은 일, 노련하다

아카시아꽃

하얀 포도송이 주렁주렁
가지 가득 덮치고
그래도 모자라 잎새도 숨겨 버렸네

오월이 머금은 화려함 비해
순수로 가득 뽐내는
향기가 더 향기롭구나

절개지
척박한 토양
마다하지 않은 겸손

하늘 아래
산등성이로 퍼져가는 향긋함
싱그러움 더해 스며들게 하고
봄을 보내는 아쉬움
송이송이에 담는다

※ 개화 : 5월에서 6월
※ 꽃말 : '우아함, 죽음도 넘어선 사랑, 모정

이팝나무 꽃

봄의 끝자락에 눈이 내리고
붉은 장미를 희롱하며
따가운 햇살 사이로 겨울을 본다

얼마나 배를 곯았으면
얼마나 배불리 먹고팠으면
나무마다 이밥을 얹고
거리마다 고두로 담았을까

오월을 하얗게 하얗게 장식하면
마을까지 하얗게 변화하고
길속에 길을 열어
이밥 잔치를 연다

그리고
하얀 솜사탕 같은 사랑을 만든다

※ 개화 : 5월에서 6월
※ 꽃말 : '영원한 사랑, 자기 향상

정태운 꽃시집
꽃도 사랑을 하더라

자귀나무

밤이면 외로워 부덩켜 안고
서러운 날에도 부덩켜 안고
험한 세상에
서로 의지할 곳 없어 또 안고
그러다 사랑으로 익어
정겨운 부부로 태어났는가

얼마나 정겨우면
수많은 나비로 화관 장식하고
부채춤을 추며 임 맞이할까
너울너울 고운 걸음
임께로 보내면

화답하듯
여름 따가운 태양에
열망을 꽃피워
고운 밤 지새워 안고자 합혼수인가

곱디고운 마음
나도 가기고파
한참을 꽃여울 속에 마음 놓는다

※ 개화 : 6월 ~ 7월
※ 꽃말 : 환희, 가슴두근거림

작약

너를 만나서
꽃은
이렇게 탐스러워야 함을 알았다

함박 피어나고
수줍어 돌아앉은 새색시 모습

비로소
여인이 되고
사랑을 받고 꿈을 꾸기에
친숙한 모습으로 우리를 맞는다

홍작약
백작약
호작약
이름도 어여뻐라
여러해살이 풀꽃이여!

※ 개화 : 5월에서 6월
※ 개화 : 수줍음

5월의 장미

이슬 촉촉이 머금은 붉은 입술이
설렘으로 오는 계절
이 계절엔 너나없이
거리를 정열로 수놓는다

자랑하듯 화려한 의상을 한
눈부신 자태마다에
넋 잃은 청춘들이 눈 맞춤하고
달콤한 언어로
사랑을 전하는 시간이다

눈부셔
빛나는 나의 장미여!
그대를 떠받들어
더 빛나게 하기 위해
내가
안개꽃으로 피어나
5월을 선택하였다

※ 개화 : 5월 ~ 6월
※ 꽃말
빨강 : 열렬한사랑,
흰색 : 순결함
노랑 : 우정과 영원한 사랑

주목

정태운 꽃시집
꽃도 사랑을 하더라

멋스러움이 발길을 잡았습니다
눈으로 느끼는 향기
향기로 맡는 멋

내내 벗어나지 않는 시선은
벗어날 수 없게
옥죄여 오는 끌림으로
그렇게 천년을 살아왔고
천년을 살아가렵니다

은근함이
화려함보다 끈질기고
무던함이 오램을 지탱하는 힘이 듯
그렇게
스스로 모르게 오래도록 잡은 손
그 손이
그대의 의지임을 느낍니다

※ 개화 : 5월에서 6월
※ 꽃말 : '수줍음'

진달래

속살 드러낸
아픔으로
네 상처가 아파서
수치심 잃은 흐느낌이 꽃으로 피었네

분홍빛 선혈
뚝 뚝 흘리며 바라는 간절함

네 나약함에 하늘거리는 입술이
실바람에도 흐느끼기에

온산을
사랑의 기다림으로 온통 채우며
꽃물결로
수놓고 있구나

※ 개화 : 3월 ~ 4월
※ 꽃말 : 사랑의 기쁨

하얀 찔레꽃

나는 메마른 땅을 좋아하지 않건만
나도 비옥한 땅을 좋아하건만
나를 산등성이나 무덤가에만
머문다고 말하느냐

나도 슬픔을 알고
열정적인 사랑을 알고
작지만 눈부시게 하얀 꽃을 피울 수 있단다
누군가 내 순백의 순정을 꺾을까 두려운
나도
가시를 감춘 장미과란다

붉은 장미와 함께
나를 너의 정원에서 쉬게 해보렴
안개꽃은 장미를 받쳐 어울리지만
내가 머문 자리에
장미는 나를 받쳐 돋보인단다
순수의 영혼을 빛나게 한단다

오늘도
나는 네 가까이 머물고 싶어
산을 내려와
붉은 장미 곁에
나의 하얀 미소를 보낸다

※ 개화 : 5월
※ 꽃말 : 신중한 사랑, 가족에 대한 그리움, 온화, 고독

정태운 꽃시집
꽃도 사랑을 하더라

철쭉

연분홍 꽃잎은
한겨울 눌린 가슴 펴고
상처 어루만지며
느지막 봄날 피어오른다

비로소
봄날임을 안 여린 진달래
아니야 아니야
너는 참꽃이 아니란다

주근깨
송송 묻힌 강인한 봄꽃
고운 미소 뒤
비상 감춘 년
진달래 닮은 꽃이구나

그래도 너는 어여쁜 꽃이란다
사랑의 즐거움을 주는 꽃이란다

※ 개화 : 4월에서 6월
※ 꽃말 : '자제, 사랑의 즐거움, 정열'

치자꽃

순백으로 살며시
고개 내민다
맑고 깔끔한 웃음으로
향긋함에 빠지게 하는 마법을 피워
바람개비 같은 꽃잎이 숨어 웃는다

마음까지
깨끗해지는 상쾌함이
작은 뜨락에서 노래하면
네 노래에 맞춰 콧노래로 답변하고

주황색 열매 맺는 날 기다리면
치자 물들인
노란 앞치마 걸치고
파전 구우시던 어머니의 사랑이
반죽에 녹아든 치자색으로
안겨오는 계절

사랑과 추억이
꽃바람 타고 잎새 속에서 웃고 있다

※ 개화 : 6월 ~ 7월
※ 꽃말 : 한없는 즐거움

홍매화

네 소식 듣고서야
웃자란 사랑에 가지를 치며
한숨 어린 아픔을 보듬어줬다

어제는 비바람에도
고개 떨구었는데
오늘은 눈보라 몰아쳐도 두렵지 않구나

조금만 지나면 봄볕이 오기에
네 붉은 미소의 의미를
알 것도 같다

※ 개화 : 2월에서 3월
※ 꽃말 : '고결, 결백, 정조, 충실'

3부 마음꽃

향기로워라
아름다워라
가눌 수 없는 마음 품었어라

가슴꽃

안아야 피어난단다
미워하면
그 꽃 지기가 바쁘다
잊으면 사라지는 꽃

그리워할 줄도 안다
미워할 줄도 안다
기다릴 줄도 안다

마음에만 자라고
마음 밖에는 필 곳이 없다
가슴꽃

가질 수 없는 꽃

향기로워라
아름다워라
가눌 수 없는 마음 품었어라
모란처럼 피어나
작약이 되어라
탐스럽지만
탐스럽지 않은 꽃이라 해도
빼앗긴 맘 순정이려니
어르고 달래어도
도도하게 걸어간다니
내 깃털을 뽑아
그대 발길에 뿌리는 마음
네 꽃이 핀다니
꺾지 않으리오
내 마음에 만 간직하리니

너꽃

너무 이뻐서
너무 고와서
너무
사랑스러워서
눈길도 아까워라

민들레의 변辯

바람에 날리어
그대 앞마당에 뿌리 내림을 탓하지 마오

구름에 실리어
내 뜨락에 슬픔으로 내려도 탓하지 않으오

내가 탓하지 않듯
그대로 탓하지 마시구려

계절이 맞아
이 계절 여기서 유함에
그대 눈길에 끌려 행복했으니
아름다운 세상의 인연을 노래하고
또 어느 바람에 날리어 갑니다

그대도
어느 구름에 실리어 오면
그대 때문에
민들레 다시 꽃 피우리다

사랑꽃

생각에서 피어나니
꿈이 자라고

가슴에서 피어나니
그리움이 되네

입으로 피어나니
향기 가득하고

설레어 온몸으로 피어나니
꽃이 되더라

사랑꽃 피어나더라

장미薔薇의 귀환歸還

돌아왔구나
아직
너의 시간이 아닌데도

내 기다림에 기쁨 주려고
조급하게
시간을 거슬러 온
네 마음이 가상하여 눈물이 난다

새초롬 어린 얼굴에
붉은 립스틱 바르고
온 얼굴에 홍조 띤 수줍음

아
간밤은 너도
나처럼 잠 못 이뤘겠구나
붉은 머릿결
더욱 붉어진 걸 보니

한해살이풀꽃의 고백

그대를 떠나
내가 살 수 있음을
말하지 않습니다

그대를 지우고
내가 나임도
용납하지 않습니다

두해도 살지 못하기에
이번 생은
여기까지입니다

피어나지 못한 꽃의 꿈

봄을 돌아도
피지 않는 꽃이려니
내게
다가온 새싹은 꽃 없는 봄을 보냈다
희망가를 노래하던
네 미소는 얼마나 잔인한가
도화는
흐르는 물가에 꿈처럼 흘려
아름다웠는데
신록을 넘어 녹음을 보건만
피우지 못하고 맺은 꽃망울
꿈만 꾸다
저무는 꽃의 꿈

붉은 장미

아름다워라
아름다워서
아름답게 여미는 꽃

축복하지 않아도 축복이어서
향기로운 꽃

부끄러워 붉고
사랑이 넘쳐 붉고
열정이 넘쳐 붉은 꽃

꽃 중에 여왕이라
사랑스러운 여왕에게 바치는 꽃
붉은 장미

정태운 꽃시집
꽃도 사람을 하더라

노란 장미 한 송이 피운다

말로는
기다리지 않는다 하면서
기다림에 목을 매고
그립지 않다면서
돌아서서 내리는 비의 소리
소름을 안고 오는
두려움
오지 않을까 하고
마음 한편에 자리 잡고서
설움의 꽃 한 송이 피운다
노랗게

정태운 일곱 번째 시집
꽃도 사랑을 하더라

초판 인쇄일 2024년 4월 15일
초판 발행일 2024년 4월 15일

지은이 정태운
펴낸이 장문정
펴낸곳 도서출판 그림책
디자인 이정순 / 정해경
출판등록 제2010-000001
주소 경기도 수원시 영통구 이의동 웰빙타운로 70
연락처 TEL070-4105-8439 (010)2676-9912
E-mail : khbang21@naver.com

Copyright C 도서출판 그림책. All rights reserved.

이 책의 글과 그림의 저작권은 지은이가 가지고 있습니다.
이 책의 일부 또는 전체에 대한 무단 복제 및 전재를 금합니다.
저자와의 합의에 의해 검인지는 생략합니다.
도서 가격은 뒤표지에 있습니다.
※ 잘못된 책은 바꿔 드립니다.
Published by 도서출판 그림책 Co. Ltd. Printed in Korea

1부
나에게 쓰는 편지

장금섭의 교육자로서 자긍심 편지

장금섭은 교직자로서 오로지 초등학교에서 40여 년간 초등보통 교육자로 인간다운 인성과 품격 있는 기초 민주 시민 육성을 기르기 위하여 한눈팔지 않으며, 제자를 사랑하는 마음으로 장차 우리나라의 희망의 싹을 틔우고 가꾸어 자랑스러운 한국인, 나아가 세계 속의 인재로 자라기를 염원하며 교육하였습니다.

제가 자신에게 편지를 쓰려니 어색하고 쑥스럽습니다. 그러나 용기를 내서 글을 쓰자면, 당신은 누가 뭐라 해도 소처럼 우직하게, 재치는 약간 떨어질지 모르지만 그 수많은 세월 동안 진정한 선생 중 한 분이라 자부합니다.

1969년 교사로 입문, 임시 교사 자격증을 받고 교육대학에서 교사 실무 연수를 끝마친 내가 당시 교사들의 수급이 원활하지 않아 다행인지 운인지 내 꿈과는 다르게 다른 공무원 직종에도 합격했지요. 그래도 안정된 직업이며 제자들을 생각하며 그 길을 걸어왔습니다.

도서벽지나 산촌, 어촌 접경지역에는 근무지를 가려는 교사들이 거의 없어서 우리 같은 임시 교사들의 근무지가 되었습니다. 1968년에는 비가 오랫동안 내리지 않았습니다. 가뭄이 심해서 수해 극복을 위해 장성 댐 수로 공사 작업에 학생들이 동원되어 심어진 논에 급수가 원활하게 이루어지도록 돌길도 구슬땀 흘리며 내었습니다.

우리들은 농사에도 물 공급을 위해 두레질과 물을 퍼오로는 자세를 이용해 물을 퍼 올리는 일도 도왔습니다. 실제 농작물을 재배하는 일이란 농민들의 땀, 눈물, 피를 흘리는 수고로움의 결정체라 할 수 있습니다. 또한 방학 동안에 부모형제가 헌신해 일손을 도우면서 정을 나눈다는 사실도 체험을 통해 알았습니다. '물은 생명이다.' '물은 만물의 근원이다.' 물의 소중함도 깨닫게 된 셈입니다.

농업인의 아들로 태어나서 농사 체험을 한 점은 왜 농업인이 주장하는 농자천하지대본이라는 말이 중요한지 잘 알았습니다. 그러나 부모님은 직업으로 농업을 한다는 일에 탐탁지 않게 생각했습니다. 가만히 생각해본 결과는 노력과 비용 투자에 비해 만족할 만한 소득이 없기 때문으로 판단했습니다. 평소에 부친 말씀은 "너는 의자에 앉아서 공부나 해." 하셨습니다. 어쩌면 주경야독 주변 사람을 야학 훈장 한 아버지의 뜻과 제가 상통해 교사가 된 것 같습니다.

교사가 되어서 발령은 해남에서 시작하였고, 뭐가 그리 좋은 건지 주변도 살펴야 하는데 어느새 봄, 바람결에 흩날리는 새까만 머리카락과 희고 맑은 고운 피부색에 반해 하숙집 아주머니 소개로 연애 반 중매로 결혼하게 된 것입니다. 내가 곧 섬마을 선생님 주인공처럼 된 것입니다.

결혼하려면 준비할 것도 많고 주변의 친지들의 축복도 받아야 한다고 알면서도 우리 두 사람은 이것저것 재거나 따지지 않고, 서로를 믿음 하나만으로 부부가 되어서 우여곡절을 체험했습니다. 그러나 함께하는 하나로 행복한 나날도 많았습니다. 뜻이 맞으면 천하도 반분한다고 우리는 그렇게 사랑했고 역경도 이겨낼 수 있었습니다.

약 20년간 전남의 교육자로 근무하다 나주시 금천교에서 과학주무를 끝으로 경기도 이천시 부발학교로 발령 인사이동을 하였습니다. 부발학교에서는 아름다운 학교 가꾸기와 꽃길 조성, 학생애향단 조직을 성공적으로 운영해 성적을 인정받아 교육감 표창과 교육장 표창도 받았습니다. 그 공을 인정받아 경기도 교육청에서 운영 사례 발표도 하였습니다. 그리고 식생활 개선에도, 인성교육 1등급 상장과 다양한 상을 받았습니다. 이 자리는 나의 자랑보다는 나와 그동안 친근감을 느낀 인사를 알리려 합니다.

나를 전하는 편지글인 이 글은 자랑보다는 나와 관계한 인간관계에 있습니다. 인간 세상사는 처음부터 잘 알지 못하지만, 관계하는 사람들에게 자기가 맡은 일에 진정성이 있었을 때를 기억하려 합니다. 일과 서로 함께한 교장, 교감, 김 교육장, 윤 장학사님, 안 장학사님, 조 교장, 임 교장 이외에도 많습니다.

교직을 수행할 때도 모르지만 내 마음에 진실성을 인정하면서 격려해 주고 칭찬하고 격려한 교장, 방교장님. 감사해야 할 분들이 많다는 것입니다. 그분들께서도 수많은 연구와 노력으로 자기 신분을 격상했겠지요! 더불어 생각하면서 사는 동안 기억하려 합니다.

지난날이나 현재도 제가 생각하는 좋은 교사, 스승은 보이지 않아도 학생, 선생님 특기, 적성 마음속에 잠재된 영혼을 드러내며 되살려 주신 분. 그런 분이 바로 선생님과 참 스승입니다. 얼굴 모습이 인자하게 떠오르신 분. 자주 부르지 않아도 잊을 수 없는 어른입니다. 개인, 사회, 국가의 평화와 국가의 부를 위하여 교육현장에서나 현재는 퇴임했어도 봉헌한 분들입니다. 교육자, 스승은 사회 발전의 초석이며, 국민, 국가, 국토의 운명을 좌우한다고 저는 생각합니다.

우리나라는 천연자원이 부족합니다. 그래서 역량 있는 인재 교육에 지도자는 헌신을 다해야 합니다. 그래야 세계 속의 한국은 풍요롭고 잘 사는 복지국가가 될 것입니다. 또한 동방예의지국의 명성도 찾아야 합니다. 세상은 급변하고 있습니다. 그 변화의 물결을 거스르지 말아야 합니다.

대한민국은 자유롭고 정의로운 나라입니다. 신분, 직업, 지역, 생각의 차이, 남녀를 뛰어넘어 더 높이, 더 넓게, 더 많이, 더 푸르게 선진 복지 대한민국을 만들어 가면 좋겠습니다. 분배의 정의 실현, 기회 균등, 원칙과 상식이 통하는 사회가 되면 좋겠습니다. 극단적 자기편의 이기주의는 배격해야 합니다.

우리나라는 민주공화국으로 자유가 있지만 자유는 언제나 책임과 의무가 따른다는 사실도 인정하면서 살아야 합니다.

내가 체육주임 시절 운동회 회상

추석이 가까이 다가옵니다. 감과 밤도 익어가고, 코스모스와 들국화, 소나무들도 단풍으로 변해가며 향기를 더해갑니다. 들판의 벼와 수수도 고개를 숙이며 황금빛으로 변해가고, 더위도 서서히 물러갈 준비를 합니다.

운동회를 준비하는 기획자는 학생들의 조화롭고 균형 잡힌 체력을 정신과 신체 모두 건강하게 육성하기 위한 운동회 계획을 작성합니다. 더위도 찬 바람결도 아랑곳하지 않고 지도 교사도 학생들도 연습에 구슬땀을 흘립니다. 입장 행진, 전교생 국민체조, 개인 종목, 단체 종목, 여자 단체 무용, 남자 단체 종목, 개인 달리기, 400m 계주 등 신속하고 정확한 질서 있는 운동회가 조화미와 균형미를 함께 조율합니다.

운동회 날은 만국기가 휘날리며 온 동네에는 자녀들의 재롱을 보기 위해 학부모들이 정성껏 준비한 음식을 가지고 모여듭니다. 청군과 백군으로 나뉜 좌석에서는 북을 두드리며 "청군 이겨라, 백군 이겨라" 응원 소리가 들립니다. 출발선에 터지는 화약 소리에 귀가 번쩍 뜨이고 시선이 그곳에 집중됩니다. 청군과 백군이 자팀을 위해 온 힘을 다해 끝까지 달립니다.

결승선에 완주하고 등위가 정해지면 또 한 번 함성이 들립니다. 함성은 총소리만큼 뜨겁고 신이 납니다. 계속 이어지는 출발 신호에 마음이 흔들립니다. 차일 아래에는 자잘한 웃음꽃이 피어나고, 신나게 뛰고 달렸던 아이들은 맛있는 점심과 과일을 먹으며 즐거움을 만끽합니다.

들판 한쪽에는 탐스러운 감이 익어가고 석류가 입을 벌립니다. 그 아래 황소가 화평을 토하고 되새김질하며 앉아 있습니다. "청군 이겨라! 백군 이겨라!" 온갖 산들이 모두 고개를 숙이면 산들바람은 어느새 오색 테이프를 몰고 갑니다. 강강수월래 민속춤도, 기마전도, 줄다리기도, 요즘 유행하는 새로운 현대적인 춤도 통일미와 절도, 균형미가 더해져 조화로운 운동회가 됩니다. 준비 운동으로 시작해서 정다운 운동으로 마칩니다.

이 회상이 독자들에게 깊은 감동과 추억을 불러일으키길 바랍니다.

사랑하는 아내에게 쓰는 편지

여보, 우리가 결혼한 지도 어언 50년이 되었군요. 세상 물정 모르는 나에게 시집와서 불평이 많아도 인내하고 묵묵히 함께 해준 당신이 있었기에 지금까지 고맙고 감사하게 자식들과 잘 지내왔소. 그래서 고마운 마음을 담아 당신께 위로와 감사의 마음을 담은 글을 드리려는데 어떻게 표현해야 할지 두렵고 망설여집니다. 그러나 용기를 내 써 봅니다.

당신은 참으로 곱고 아름다운 미소가 예쁜, 유난히 정이 많은 꽃향기 그윽한 청순한 여인이었습니다.

지금도 당신이 최고지만, 어느덧 눈가에 잔주름이 늘어가는 걸 보면 내 마음도 아프답니다. 만약에 다른 사람이 우리 집에 시집왔더라면 그 엄청난 집안일을 감당해 낼 수 있었을까요? 그리고 전근 다니는 나를 따라 수십 번 이삿짐을 싸야 했고, 가재도구와 보따리를 차에 옮겨 실어야 했고, 자녀들 전학을 주선해 나는 따라 다니기만 했던 것 같소. 지금 와 곰곰이 생각해 보니 너무나 감사해 저절로 고개가 숙어집니다.

우리 가정이 평화롭게 살 수 있었던 것은 수많은 세월 동안 그 흔한 짜증 내는 일없이 내 잔소리도 들어주어서 이만큼 살 수 있었습니다. 이제는 맘껏 짜증 내고, 가슴에 쌓인 응어리도 풀어 보시오. 내가 다 받아 주리다. 맘에 품고 있는 응어리, 한(限) 짜증 푸는 방법도 알려 줄 테니 당신이 진 무거운 짐 내가 지고 갈 것입니다. 병이 되지 않도록. 이미 와버린 건 어쩔 수 없지만…

당신에게 한없이 부족한 남편이지만, 나도 당신에게 진 빚을 갚아야 하지 않겠소!

여보! 아프지만 건강을 찾아서 휴양도 하고, 구경도 하면서 공기 좋고
물 맑은 곳에 한옥집에서 황토 찜질방을 지어 웃음이 가득한 행복한
집에서 오순도순 즐기면서 살기를 바랍니다. 허세는 절대 용납하지 않
고 순수함을 지닌 내 사랑했던 여보에게…

당신을 언제까지나 사랑하는 남편,
장금섭

참됨을 가르친 케네디 대통령의 아버지

우리 자녀들아,

세상을 바르게 살아가기 위해서는 어떤 가정에서 살거나 가정을 만들어 갈지, 어떤 일을 배우고 직업을 택할지, 사회적으로는 어떤 관계를 형성하고 유지 발전시켜 나아갈지를 늘 의식하면서 살아야 한단다.

미국의 대통령 케네디의 아버지는 어린 시절의 케네디에게 독립심을 가지게 하고 허영과 낭비를 멀리 하도록 하기 위해 가정 형편이 매우 풍족했음에도 자식들에게 용돈을 많이 주지 않았단다.

케네디가 초등학생 때의 일화이다. 영화도 보고 싶고, 군것질도 하고 싶었지만, 적은 용돈으로 불만이 많았던 어느 날, 케네디는 궁리 끝에 한 살 아래인 여동생 로즈메리의 저금통에 손을 대 달콤한 사탕을 사먹었단다. 그 뒤에도 종종 그런 나쁜 짓을 하다 어떤 때는 잠자다 경찰에 잡혀가는 악몽을 꾸면서 식은땀을 흘리기도 했단다.

잘못을 깨닫기 시작한 그는 아버지께 고백하고 정정당당하게 용돈을 타야겠다고 솔직한 마음이 담긴 편지를 써서 그동안의 잘못도 용서받고 정직한 아들이 되었다고 한다. 정직은 자신의 문제점과 잘못을 반성하고 나아가는 깨우침이란다. 솔직한 자기반성은 가정의 사랑도 나아가 세상 사람들에 대한 사랑도 일깨우는 기회가 되었다고 전한다.

명예와 신의를 가르쳐 준 아버지, 정직을 가르친 아버지, 독립정신을 일깨운 아버지의 가르침에 따라 명예와 신의를 중시한 케네디는 그동안의 무절제한 생활을 청산하고 보이스카우트 정신에 따라 아버지의 기대에 어긋나지 않게 정정당당하게 살았단다. 국민에게 정직한 대통령, 사리가 분명하고 합리적인 대통령이 되려고 노력했으며, 미국 국민들로부터 사랑과 존경을 받으면서 새로운 희망을 심어준 위대한 대통령으로 존경과 추앙을 받았단다.

우리 자녀들아, 너희들도 이 글을 읽고 거울삼아 형제간에 우애하고, 자기에 합당한 일을 찾아 수행하고, 명예를 소중하게 여기며, 만나고 인연을 나눈 모든 이들과도 선의적이고 서로 존중하는 마음으로 생활하기를 진심으로 기원한다. 나이 드신 부모님과도 자주 뵙고 소통하며 자신들의 생활을 원만하게 하고, 부모에게 걱정, 근심 안 끼치며 살아가야 한단다. 지금까지 자신의 삶을 되돌아보고 잘못된 생각, 말, 행동, 습관이 있다고 느낀다면 스스로의 깨달음의 삶, 참됨의 삶으로 거듭나기를 바란단다.

사람들의 생활이란

사람들의 생활이란 의(衣), 식(食), 주(住)와 같은 기본적인 욕구를 충족시키며 살아가는 것입니다. 잘 입고, 잘 먹고, 좋은 집에서 잘 자며, 생리적 욕구, 안전의 욕구, 소속의 욕구, 자존의 욕구, 자기실현 욕구가 작용하면서 살아가고 있습니다.

생리적 욕구는 사람의 가장 원초적 욕구로서 먹고 마셔야 하며, 대소변을 가리며 이런 행위를 통해 기쁨을 느끼고 육체적, 정신적 쾌락도 느끼며 살아가는 욕구입니다. 생리적 욕구가 온전하게 달성되어야 안전을 추구하게 되며, 이 단계는 자신의 안전과 가족, 더 나아가 지역사회나 국가의 안전을 추구하게 되는 것입니다. 예를 들어, 집을 지은 이가 도둑의 침입을 예방하려고 담을 쌓고 그 담 위에 철조망이나 깨진 유리조각을 올려놓는 현상들이며, 잠을 잘 때도 문단속을 하고 잠을 자는 이치입니다.

소속의 욕구는 사람이 혼자 살아갈 수 없는 '사회적 동물'이기 때문에 친목 모임, 직능단체, 혹은 어떠한 모임에 소속해 살아가는 것입니다. 향우, 학연, 지연, 혈연 등 소속을 통해 인정받고 지내기를 바라는 욕구입니다.

자존의 욕구는 누군가 자기를 알아주고 인정받기를 바라는 욕구로, 사회적 지위도 있으나, 어떤 분야에 권위자가 되어서 존경받고 따르는 인간미도 이러한 욕구에 해당됩니다. 타인들이 자신을 믿어주고 수많은 이들이 좋아하면서 진실로 공경하고 따라 준다면 그러한 기쁨과 즐거움, 행복이 더할 수 없는 욕구일 것입니다.

이러한 단계적 욕구가 해결되면 최상의 욕구 단계인 자기실현의 욕구로 발전합니다. 이 단계는 자신이 이루고자 한 꿈과 이상을 현실로 이루는 단계로, 최종 단계가 성취된 단계입니다. 사람은 누구나 자신이 되고자 하는 이상과 꿈이 있으며, 꿈이나 이상은 노력 없이 당연히 이루어지는 법은 없습니다. 목표가 정해지면 수많은 시간과 노력, 자본이 투입되어야 자기의 목적한 바를 성취할 수 있습니다. 대통령이 되고자 한 사람이 그 실현을 위하여 수많은 세월을 반대파들과 싸우기도 하고, 옥고를 치르는 등 칠전팔기(七顚八起)하여 목적을 이루는 이들도 있습니다. 이처럼 피, 눈물, 땀 노력이 이어질 때 자기 욕구가 실현되는 것입니다.

사람들의 일반적인 삶 또한 비슷하며, 모든 사람이 자기의 처지와 환경이 다르고 개인의 타고난 소질, 특기, 성질이 다른 만큼 다른 점은 인정하고 공통점은 받아들이면서 원만하게 둥글둥글 자신과 상대를 아우르는 공통분모를 찾아 즐겁고 평화롭게 행복하게 살아가는 것이 아름다운 생활이라고 정의하고 싶습니다.

시시각각 변하는 이 세상에 자연의 섭리에 역행하지 말고 진(眞), 선(善), 미(美)와 영혼의 양식을 쌓으면서 늘 기쁘게 살기 위해 최선을 다하면서 문제를 해결해 나아갑시다. 행운은 눈 먼 장님이 아닙니다. 노력하고 인내하면서 목표가 확실할 때 가능함을 기억합시다.

진정한 친구

진정한 친구란 좋을 때도 힘들고 어렵고 복잡한 때도 처음부터 끝까지 희로애락을 나눌 수 있어야 진정한 친구라 할 수 있답니다. 이 시대에 이런 친구가 있을까요? 한 명만 있다 해도 진정한 친구인 것입니다. 이익이 있으면 붙고 손해가 나면 떠나는 그런 친구는 친구가 아닙니다. 맛있는 음식을 사주면 붙고, 자기만을 챙기는 친구는 친구가 아닙니다.

주자(朱子)도 붕우유신(朋友有信)을 강조하며, 친구는 서로 믿고 돕고 의지하면서 살아야 한다고 했습니다. 우리나라는 예로부터 '동방예의지국'이었습니다. 힘들고 어려울 때 함께 울고 서로 도우면서 지낸 민족이었답니다. 기쁨, 슬픔, 괴로움, 즐거움을 함께 나눈 친구가 진정한 친구가 되는 것입니다.

옛날 어느 마을에 아버지와 아들이 오붓하게 함께 살았습니다. 어느 날 밤, 아들과 아버지는 자기 친구가 진실한 친구라고 자랑했습니다. 그래서 아버지는 진실로 아들 친구가 맞는지 확인하기 위해 아들이 외출한 사이에 몰래 돼지를 잡아서 건넛방에 병풍으로 가리고 아들에게 "내가 잘못해 사람을 죽게 했다. 장사 지내는 일을 친구를 불러 도와 달라"고 요청하게 했습니다. 그런데 아들 친구는 손사래를 치며 도움을 주지 않았습니다. 그래서 다음에는 아들이 있는 가운데 아버지가 자기 아들 친구에게 같은 이야기를 하고 도움을 요청하자, "어쩌다 자네 같은 좋은 사람이 그런 큰 실수를 했느냐?"며 두말없이 병풍을 치우고 장사를 하자고 했습니다. 그때 병풍 가림막에는 돼지가 잡혀 있었습니다.

이를 본 아들은 아버지의 진정한 우정에 탄복한 후, 아들 친구들과 아버지 친구를 불러 모아 친구 잔치를 했다는 옛날 이야기가 진실한 친구가 어떤 것인지 일깨워 주는 좋은 본보기 사례입니다.

진정한 친구란 희로애락을 함께 나누고, 즐기면서 행복을 만들어 가는 진실한 사람들입니다. 특별히 춥고, 배고프고, 슬프고, 외로울 때, 함께 마음도 정성도 사랑으로 나누는 그런 사람다운 사람인 것입니다.

용기(勇氣)

퇴직 이후 특별히 하는 일이 없어 개인 시간이 많아졌습니다. 어떻게 하면 하루를 의미 있고 보람 있게 살아갈 수 있을까 궁리와 연구 끝에 일상에서 꾸준히 할 일을 생각하게 되었습니다.

생각은 일일신우일신(日日新又日新), 날마다 새롭게, 또 새롭게 살아가자고 다짐하며, 일 순서를 정하고 하루 계획-진단-지도-발전-평가를 생활화하면 좋겠다는 결정을 했습니다. 세상사는 일을 망설이거나 주저하지 말고 용기를 내 도전해야 합니다. 하루의 계획은 아침에 있고, 일년 계획은 1월 정초에 있다고 했습니다. 실천과 과정 결과는 잠들기 전에 세우며 일기를 쓰면서 정리합니다. 망설이고 주저하며 계획을 중단하면 아무 일도 이룰 수 없습니다. 승부수를 띄우지 않고는 어떠한 결과도 나타날 수 없습니다.

직장에 출퇴근하던 때는 다람쥐 쳇바퀴 돌리듯 일상생활이 단순하고 평범했지만, 지금의 생활 모습이나 과정은 분명 확실하게 시간표를 작성해서 의도적인 생활을 하고자 합니다. 지금은 시간 여유가 있으니까 늘 꿈꾸어 왔던 나만의 일을 해보는 것, 등산, 독서, 글쓰기, 수영, 악기 연주, 탁구, 만남, 노래 부르기, 농가주택 삶의 구상 등 희망과 용기를 내어 실행하면서 준비하고 이룰 수 있는 토대를 갖추면서 과감하게 도전하는 용기를 발휘하려고 여가를 즐기고자 합니다.

첫 번째 할 일은 요리책이나 강습을 보고 듣고 우리 집에서 즐겨 먹는 음식을 직접 요리해보는 것입니다. 오랜 기간 아내가 해준 음식을 받아만 먹어 왔고 현재도 그렇게 살아가고 있었지만, 요리를 하면서 가정주부의 어려움이나 경제적 소비 문제도 이해하고 아내의 노고를 체험해 보는 시간을 보내는 것입니다.

앞으로는 아내를 위해 아내 체험을 해보면서 그동안의 고마움과 어려움을 직접 느껴 보겠습니다. 짧은 기간 해보니 먹을 땐 좋으나 설거지와 부수적인 일로 힘들고 때론 짜증이 나는 걸 느낄 수 있었습니다. 반찬 없다고 맛이 없다고 투정 부리거나 짜증을 부렸는데, 오랜 기간 너무 수고가 많았으며 감사함을 체험하게 되었습니다. 모든 식재료를 구입해 취사를 하려면 식품비가 만만치 않은데 매끼니마다 새로운 반찬이나 찌개를 올리는 식탁이 생각만큼 쉽지 않았으며, 식사 뒤 설거지도 힘들었습니다. 항상 고맙고 감사하게 먹어야겠습니다.

아내는 고기 종류 중 육류를 좋아하고, 나는 채식과 생선 요리를 즐기기 때문에 골라 먹는 걸 선호합니다. 가끔은 우리 집 식탁에는 찌개도 두 종류가 오릅니다. 기왕이면 아내의 취향에 맞추어 담백하고 간이 잘된 맛있는 요리를 해 상차림을 해보려 합니다.

두 번째 할 일은 아내와 함께 체력을 단련하는 시간을 가지려 노력합니다. 지난날의 아내는 전업주부로 내 출퇴근에 올인해 식사 준비, 세탁, 방 청소, 물건 정리를 주로 했지만 이제는 내가 대신 할 것입니다. 몸이 아프고 신체가 쇠약해 자기가 한다고 해도 내가 즐기는 심정으로 하려고 합니다. 방 안에만 있지 말고 하루 십 리 정도 함께 걸어야 합니다. 이마에 땀이 날 때까지 집에 와 샤워하고 편하게 쉬는 것이 일상…

설거지, 집안 청소, 세탁을 다하면서 전업주부의 심정을 알게 되었습니다. 혼자서도 잘해요. 강습 받지 않아도 요리책을 보고 자취생활 경험을 기초로 내가 만든 요리를 해보면서 웃으면서 기분 좋게 식단을 나누고 무슨 일이든지 해보는 용기가 필요합니다.

셋째는 수필집을 발간할 용기입니다. 이미 자서와 함께 사진 선집을 끝마쳤습니다. 시작이 어렵지 하다 보면 끝이 있기 마련입니다. 한 번도 가보지 않은 먼 길도 떠나보고 우리나라 여기저기 곳곳을 찾아 볼거리, 먹거리, 즐길 거리를 함께 하면서 신나는 보람된 생활을 해볼 용기를 낼 것입니다.

첫걸음이 중요하다고들 합니다. 시도해 보지도 않고 겁에 떨면 용기가 없는 생활은 생기나 의욕이나 자신감을 잃게 됩니다. 용기를 내어 즐기면서 도전하는 생활을 열어 나가도록 하겠습니다.

어떤 일이든 성공하기는 어렵습니다. 그래서 "성공은 눈 먼 장님이 아니다."라고 했는지도 모르겠습니다. 도전하라, 그러면 실패도 성공도 부를 수 있으며, 용기 있는 실천자만이 반드시 소원을 쟁취할 것이라고 믿습니다. 날마다 계획하고 실천하면서, 새로운 생각으로 실천해 나간다면 간절히 바라고 원한다면 잘 될 때가 오리라 믿기 때문입니다.

용기를 내고 신나게 즐기고, 또다시 새로운 태양을 기쁘게 맞이하고자 노력합시다. 노력은 눈 먼 장님이 아님을 확신하기 때문입니다.

십진수로 행복 에너지를 키우자

1. 10. 100. 1000. 10000

1 : 하루에 한 가지 선행을 실천하자.

10 : 하루에 열 번 이상 웃자. 보약도 좋으나 웃음이 보약이다.

100 : 하루에 100 글자를 손으로 쓰자. 손글씨를 쓰면 뇌가 건강해진다.

1000 : 하루에 최소한 눈으로 이해할 수 있는 천자의 글을 읽자.

10000 : 하루에 만보를 걷자.

이 메시지가 독자들에게 행복과 긍정의 에너지를 전달하길 바랍니다.

늘 생각나는 사람

진정한 감사란, '그 사람' 자체를 감사해 하는 것입니다. 그 사람이 훌륭한 사람이 되어서가 아니고, 근사한 선물을 주어서도 아닙니다.

서로에게 있어 가장 소중한 사람은, 지금 나의 곁을 지켜 주기 때문에 내 곁에 있는 사람입니다.

감사를 느끼며 오래 생각나는 사람이 있습니다. 순간을 만나 헤어져도 오래 기억나는 사람이 있고, 오래 만나도 기억이 희미한 사람도 있습니다.

내가 필요할 때 기쁨과 슬픔을 언제나 곁에서 함께하는 사람이 되면 좋겠습니다. 늘 생각나고 떠오르는 심성이 고운 사람이기 때문이지요.

필요할 때 언제나 함께할 수 있는 사람, 늘 함께할 때 무언가 즐겁고 기운이 나는 사람이 되어야 합니다. 수시로 짧은 문자나 좋은 글을 전달해 주면 미소가 계속 이어지고 기쁘고 즐거워 행복해집니다.

그렇게 어렵고 힘들 때 곁을 지켜 주고 미소가 떠오르는 기억나는 사람이 되면 매우 좋겠습니다.

우리 친구들에게

돈이 많다고 좋은 것이 아닙니다.
높은 지위에 있다고 좋은 것이 아닙니다.
명예가 높다고 좋은 것이 아닙니다.
최고로 가치 있는 것은 건강입니다.
"건강을 잃으면 모든 것을 잃는다"고 하니
친구들 모두 정신과 육체 건강을 챙기며 지냅시다.

건강을 유념하시고,
오래 함께한 친구들,
차 한 잔 여유 있게 마시면서
행복감을 느끼는 나날 되세요.

팽이 축의 의미

내가 어린 시절 주로 해본 놀이는 가을에는 연날리기, 추석에는 그네 뛰기, 자치기, 씨름, 겨울에는 팽이치기, 썰매타기였습니다. 평평한 마당이나 얼음이 언 논에서는 팽이치기, 뒷동산에서는 자치기, 병정놀이를 하며 해지는 줄 모르고 신나게 땀 흘리며 놀았던 추억이 되살아납니다. 여러 종류의 놀이가 뜻이 있고 건강에 도움이 되지만, 제일 신명 나는 놀이는 팽이치기나 나이 먹기 놀이였습니다. 팽이는 축을 중심으로 돌아가는데, 중심축이 올바르게 잡히지 않으면 넘어지고 맙니다. 팽이를 오래도록 잘 돌게 하려면 중심축이 균형을 잘 잡아야 하며, 축을 유지시키기 위해 팽이채로 쳐서 계속 돌게 해야 합니다. 잘 돌지 않거나 금방 넘어지려 할 때도 팽이 아래 부위에 중심축 부위에 구슬이 제 위치에 똑바로 박혀 있지 않은 경우가 대부분입니다.

우리네 인간들의 세상살이도 그와 비슷하다고 생각합니다. 가정에는 아버지나 어머니를 축으로 가장이 자기의 위치에서 역할을 똑바로 해야 합니다. 그렇지 않고 가출을 하거나 이혼을 하면 가정은 기울게 되어 자녀들이 그 대가를 치르게 됩니다. 하루를 살면서도 수많은 가치 갈등과 유혹이 있기 마련인 인간 세상에서 개인이나 사회, 국가를 이끌어 가는 지도자들도 대상을 의식하고 올바르게 중심축을 잡아야 합니다. 자신들의 의지를 열정으로 불태워 나간다면 인간의 험하고 고달픈 행로를 무리 없이 잘 살아갈 수 있게 됩니다. 향락과 편안함만을 위해 자기 집단만을 위하여 일하거나 개인이 술, 담배로 허송세월을 보낸다면 그 결과는 망각과 허상 속으로 중심축이 넘어지고 말 것입니다.

천태만상의 직업군이 있어 행동과 사고도 가지각색이며 사는 일이 복잡다양합니다. 인간 세상에서 개성과 특질이 발휘되는 세상에서도 인간은 본연의 사고와 행동으로 팽이가 매를 맞으면서 중심을 잡고 돌아가는 것처럼 우리도 확고부동한 중심축을 바탕으로 자기완성을 위해 인내와 줄기찬 노력만이 자기를 실현시킬 수 있습니다. 흔들림 없는 희망의 꿈을 현실로 바꾸면서 보람차게 살 수 있을 것입니다.

현 세상은 물질 만능, 황금 만능, 인간성의 상실, 전통 윤리의식의 부재, 극단적인 개인주의 난무, 계층 간 갈등과 위기감이 사회 질서를 혼란스럽게 하며, 인간의 미래를 두렵게 하고 있습니다. 지금부터라도 사회의 초석인 가장이 자신의 위치에서 역할을 할 수 있도록 중심축으로 사명감을 가지고 흔들림 없이 가정을 지켜야 합니다. 세상을 지도하는 지도자들도 각자의 위치에서 흔들림 없이 믿음과 신뢰를 주어 가정이나 사회가 나라의 번영과 발전을 위해 사심 없이 국민을 보고 민의를 존중하는 세상을 만들어 가면 좋겠습니다.

어린 시절 팽이를 돌리고 치면서 순수하고 건강한 정신과 꿈이 어른이 되면서 가정과 세상의 중심축으로 자리 잡기를 바랍니다. 너도 나도 우리도 함께 신나게 세상이 막힘없이 잘 돌아가는 요술팽이가 되어 우리나라가 잘 돌아가기를 기원해 봅시다.

내가 산림청장이라면

우리 강산 아름답고 푸르게

현재를 살아가는 수많은 세대가 과거처럼 천혜의 자연 혜택을 누리지 못합니다. 여러 가지 이유가 있겠지만 우선 인간들의 무한한 욕심의 탓이라고 여깁니다. 극지방에 빙하는 녹아내리고 있으며, 그로 인한 해수면 상승과 기후 변화가 일어나고 있습니다. 울창했던 산림자원의 허브인 나라들도 이상기후 현상으로 산불이 발생해 서울 여의도 면적의 수백 개의 축구장 면적의 산림이 불타 없어졌다는 뉴스는 우리의 미래를 어둡게만 경고합니다. 극지에 빙하가 사라지며, 울창한 산지가 사라진다면 천연자연의 수혜자인 인간의 일상과 삶은 파괴될 것입니다. 인간에게 재앙이 도래하고 있지 않은지! 금년 여름 기온 상승이 30도를 넘어서 말해주고 있습니다. 이러한 위기 극복 방안은 무엇일까요?

인간의 무분별한 확장을 각성해야 합니다. 목재의 남벌을 막아야 합니다. 그리고 나무와 숲을 보호해야 합니다. 산지가 70% 이상인 우리나라는 더욱 산지 녹화 사업을 벌여야 합니다.

그 대안으로는 기후풍토에 적합한 나무를 선택하여 심고 가꾸는 것도 있겠지만, 나무를 심고 가꾸기 좋은 시기에 4~6월에 우리나라 인구수만큼 나무를 심고 더 나아가 기념식수를 실시하자고 제안합니다. 학생들의 졸업 기념, 공직자의 전업 기념, 생일 기념, 승진 기념 기타 식수 명분으로 삼아서 나무가 잘 자랄 수 있는지 심어 가꾸자는 것입니다.

이처럼 매년 행사적으로 하는 식목일은 물론 기념식수를 통해서 국토를 삼림 자원화하면 어떨까요? 그 좋은 예로 남한산성 송림에서 알 수 있습니다. 이곳은 조상들의 애림사상이 깃든 곳이며, 그 숭고한 애림 정신이 있어 산성이 아름답고 경치가 좋고 공기가 맑고 상쾌해 주말이면 관광, 등산객도 많습니다.

그리고 남한산 초등학교 근처에는 300년 이상 된 느티나무가 세월의 발자취를 대변하고 있습니다. 사람과 나무의 용도와 필요성은 밀접한 관계로 그 쓰임새와 인간에게 아낌없이 주는 직접, 간접 효용 또한 길게 산출하기 어려운 행복감을 우리에게 선물합니다.

이러한 강력한 효용 때문에 우리 국민이 모두 나무를 심고 가꾸어 삼림자원을 통해 다시 한번 국토의 금수강산화 및 아름다운 자연환경을 이루기를 소망합니다.

이것이 만약에 제가 산림청장이 된다면 실현하려는 이상과 희망사항입니다.

방생(放生)

내가 잘한 일 중 한 가지는 방생입니다. 그동안 우리 집 사람들만 보던 화분이나 분재를 자연으로 돌려보내 햇빛, 공기, 비, 땅의 기운을 받고 자유롭게 자라도록 옮겨 심었습니다.

왜 분재를 산야에 옮겨 심고 자라게 했냐면, 분재들이 자연 환경에서 자라면 얽매이지 않고 자라고 싶은 대로 크면서 더 많은 사람들에게 꽃과 향기를 주고, 환경을 아름답게 보호하며 열매나 녹음을 주기 때문입니다. 해마다 식목일이 되면 야단법석이 벌어집니다. 그래서 아파트에서 기르는 화분과 분재를 자연의 품으로 돌려보내야 한다는 평소 생각을 실행에 옮긴 것입니다. 이런 행위가 내 방식의 방생입니다. 힘들게 물주고 영양분을 주면서 햇빛과 통풍이 잘되지 않는 곳에서 억지로 자라는 분재와 화분을 자연으로 보내 자연스럽게 자라게 하자는 뜻을 이룬 것입니다.

애완견도 나보다 잘 키울 수 있는 꽃집 아주머니에게 주었습니다. 그곳은 공간이 있고 뛰놀 수 있어서 우리가 사는 아파트보다 환경이 훨씬 좋아 방생이라 생각하며 잘 키워 달라고 부탁했습니다.

4월 초파일을 전후로 불교 신앙인들이 미꾸라지 몇 마리, 자라, 붕어를 시장에서 구입해 강으로 가서 놓아주면서 방생이라 말합니다. 방생이란 형식적인 구실을 삼아 구경하며, 여행 가서 일회성 행사에 그치지 말고 진실되게 물고기는 물에서 살아가도록 놔주어야 합니다. 집에서 기르는 애완동물도 본래의 고향 환경에서 살아갈 수 있도록 풀어주어야 자유를 누리며 살아갈 수 있습니다. 그런 방생이 진실한 방생입니다.

어느 해 가을밤, 학교에서 가을 축제가 있었습니다. 애완견을 데리고 구경하다 폭죽 소리에 놀라 달아났습니다. 집 나간 개가 자연스레 달아났으니 찾지 말아야 할 일이었는데, 비가 주룩주룩 내리는 날 찾아와서 다시 아파트에서 키운 것이 후회로 느껴졌습니다.

자연 방생인 것을, 아파트 안에서 키우는 분재를 보면 참 답답하고, 사람의 손에 의해 동서남북으로 조형되며 크는 잔인함을 생각하게 됩니다. 소나무 분재, 국화 분재 모두를 줄이나 철사로 주인의 의도대로 동서남북 사방팔방으로 꽁꽁 얽어매는 것은 방생과는 어긋나는 행동입니다. 생명이 있는 동물, 식물을 죽일 때도 가려서 하라는 살생유택(殺生有擇)이라는 생각이나 태도가 꽃피고 새우는 이 봄의 시작에 방생의 의미와 성장의 뜻을 제대로 알고 살아가는 사람들이 많아지면 좋겠습니다. 우리 인간들도 이들과 영원히 상생하며 살아갈 수 있음을 상기하면서 인간의 편익과 이해득실이 아닌 상생의 생활의 길을 모색해야 할 것입니다.

비가 내리면 양분이 공급되고 바람이 불면 산소가 공급되며, 햇빛이 비추면 탄소동화 작용이 활발하게 이루어지는 자연의 순환을 우리 인간들이 가로막지 말아야 합니다. 인간들의 무분별한 산림 훼손과 야생동물 포획으로 자연이 크게 위협받고 있습니다. 자연을 아끼고 보호, 보존하여 인간의 생활을 아름답게 상생해야 합니다.

우리의 무모한 방생이 아닌 동물과 식물에게 진정한 자유를 누리게 해야 이것이 진정한 방생이고, 바른 공덕의 방생이 됩니다. 강제로 강이나 연못에 살던 물고기나 자라를 잡아다 놓아주는 일회성 방생은 오히려 그들의 생명에 아픔과 고통만 주는 행사에 불과합니다. 동식물이 자연에서 잘 살아갈 수 있게 길을 열어주고 먹이를 무자비하게 빼앗아 오지 말아야 합니다. 진실한 동식물을 자유롭게 살아가게 하는 공생공존의 법칙입니다. 살생유택의 석가모니 가르침 자비심을 생각하고 실천했으면 합니다.

우리 인간들도 욕심만 내고 쥐고만 있을 것이 아니라 주먹을 펼 때는 펴야 한다는 진리를 알아야 합니다.

명상은 이렇게

지금까지 어떻게 하루를 지냈는지 명상해 봅시다. 10까지 생각해 보세요.

1. 일일이 간섭하지 않겠다.
2. 웬만하면 이의를 달지 말자.
3. 삼삼하게 쿨하게 지내자.
4. 사사로운 일에 너무 신경 쓰지 말자.
5. "오!" 하며 감탄하자.
6. 육체적 스킨십으로 악수, 포옹, 친절한 사이면 마사지도 하자.
7. 칠칠하지 못하게 굴지 말자.
8. 팔팔하게 몸을 움직이자.
9. 구구절절한 생각도 버리자. 생각이 많으면 스트레스로 병이 된다.
10. 열어라. 당신이 감당할 수 있다면 지갑을 열자.

위 내용을 하루하루 잠들기 전에 한 번쯤 눈 감고 실천하면 어떨까요?

이 명상 방법이 당신과 독자들에게 평화와 행복을 가져다주길 바랍니다.

미리 써보는 유언장

사람의 생명은 누구도 맘대로 할 수 없습니다. 연세가 많거나 아픈 이가 있다면 미리 자기 자녀들에게 평상시 못 했던 말을 진솔하게 글로 남겨 놓으면 남은 이들에게 도움이 됩니다. 언제나 형제간에 우애 있게 지내야 하며, 늘 도움이 필요한 형제를 도와야 합니다.

신한생명보험, 화재보험, 치매보험, 운전자보험, 자동차 종합 보험도 알아보고 잘 활용하세요. 언제나 형제간에 우애 좋게 건강하게 인과관계를 잘 맺으면서 상생하며 잘 적응하고 지내며, 보험도 찾아서 적절하게 사용하세요.

누군가와 빚을 진 것이 있다면 갚아야 하고, 화를 내 서로 앙금이 있다면 풀어야 합니다. 남은 재산도 혼자만 갖지 말고 누나 동생들과 서로 서운하지 않게 나누면서 화합해 반듯한 가정을 만들어 가면 좋겠습니다.

동영상, 캠코더를 이용해 동영상을 만들어 보면 어떨까요? 막상 세상을 떠난다 하니 당신께 미안한 마음밖에 들지 않습니다. 그동안 잘해주지 못해 미안합니다. 내 영전 사진은 지난 번에 찍었던 활짝 웃는 것을 사용해 주세요. 그래도 웃는 모습이 좋을 것 같습니다. 이 글을 보고 더욱 봉사하고 헌신할 수 있으면 좋겠습니다.

사람이 금수(禽獸)와 다른 점은 정사선악미추(正邪善惡美醜)를 구별할 수 있기 때문입니다. 바르고 갖추어져야 하며, 간사하고 치우치지 말고, 착하고 정정당당하게 살고, 악하고 추하게 살지 말며, 아름답고 좋은 모습으로 살고 누구든 미워하지 말아야 합니다. 이렇게 살아야 잘 산 것이며, 보람과 빛나는 삶이 됩니다. 이 글을 수시로 보고 읽으면서 효시로 삼으면 고맙겠습니다.

인간의 한계는 자신의 몫

18세기 독일의 초대 철혈 재상 비스마르크는 어느 날, 친구와 함께 사냥하러 가게 되었습니다. 그런데 친구가 숲속에서 길을 잃어 헤매다가 그만 늪에 빠져 살려 달라고 외쳤습니다. 이를 본 비스마르크는 총을 꺼내 친구에게 겨누며 이렇게 말했습니다. "내가 자네를 구하려다가 나도 죽을 것 같고, 또 가만 놔두자니 자네가 고통스럽게 죽을 것 같으니 차라리 내가 자네를 총으로 쏘는 편이 나을 것 같네." 그러자 친구는 온 힘을 다해 늪에서 빠져나왔습니다. 늪에서 빠져나온 친구에게 비스마르크는 이렇게 말했습니다. "이보게 친구, 내가 총으로 겨눈 것은 자네를 위협하려는 것이 아니라 자네의 생각을 깨우려는 것이었네."

우리가 태어나서 죽는 날까지 자신의 능력을 5%도 못 쓰고 무덤으로 간다고 합니다. 당신은 지금 자신의 능력에 비해 너무도 작은 모습으로 사는 겁니다. 당신이 할 수 있다고 믿는 한 당신은 그 어떤 것도 해낼 수 있습니다. 윈스턴 처칠은 "태도는 사소한 것이지만 그것이 만드는 차이는 엄청나다"라고 하였습니다.

그렇습니다. 어떤 마음을 갖느냐가 어떻게 일을 하느냐보다 더 큰 차이를 만듭니다.

자신의 능력에 대한 100% 믿음으로 도전하여 죽기 살기로 살 때, 믿음에 대한 보상은 반드시 성취된다고 합니다. 성경에도 "믿음대로 되리라"라는 구절이 있습니다. 우리는 누군가를 믿을 수 있는 세상을 조성해야만 합니다. 그래서 누구나 발휘하지 못한 능력을 온전하게 사용하는 능력의 한계를 극복합시다.

동행(同行)이란?

우리가 동행하는 것은 부모형제가 함께 하는 것, 부부가 함께 하는 것, 친구들과 함께 하는 것, 이 모두가 함께 움직이며 가는 것입니다.

언젠가 네팔에 간 적이 있었습니다. 그곳에는 여러 나라에서 여행 온 사람들이 각각 산의 정상을 향해 길을 가고 있었습니다. 어렵고 힘들고 춥고 목마르고 배가 고파 금방이라도 쓰러질 것 같았지만, 눈 쌓인 험악한 산길을 아내와 함께 그리고 산행하는 여행자들과 앞에서 끌어주고 뒤에서 밀어주면서 함께 힘내라 응원하며 목적지 정상을 향해 온 힘을 다해 걸어갔습니다. 가도 가도 끝이 보이지 않을 것만 같았고 발걸음은 천근만근이었지만, 쓰러지고 넘어지면 동행자가 잡아 일으켜 주면서 계속 걸었습니다. 지치고 고달프면 붙잡고 가고, 추위에 체온이 떨어지면 동행자가 자기 옷을 벗어 주고 또 산행을 계속했습니다. 처음 만난 이들도 서로 힘내라 격려하고 이기고 가자고 용기를 주면서 갔습니다.

이런 이야기가 있습니다. 험한 산길에 폭설이 내리는 길을 가다 보니 눈길에 웬 노인이 쓰러져 있었습니다. 그대로 놔두면 눈에 묻히고 추위에 얼어 죽을 것이 분명했습니다. "이 사람을 데리고 가자", "이봐요, 조금만 도와주세요." 하지만 한 사람은 이런 악천후엔 내 몸 추스르기도 힘겹다며 화를 내고 혼자 가버렸습니다. 하는 수 없이 한 젊은이가 그 노인을 업고 내려오던 길을 재촉했습니다. 얼마나 길을 왔을까? 몸은 땀범벅이 되었고, 더운 가운데 노인의 얼었던 몸은 녹아서 차츰 의식을 회복하기 시작했습니다.

두 사람은 서로의 체온을 난로 삼아 춥지 않게 의지하며 길을 내려올 수 있었습니다. 얼마쯤 내려오자, 멀리 마을이 보이기 시작했습니다. 그런데 두 사람이 도착한 마을 입구에서 사람들이 모여 웅성거리고 있었습니다. 무슨 일일까? 사람들이 에워싼 눈길 모퉁이엔 먼저 내려간 한 남자가 꽁꽁 언 채 눈 쌓인 곳에 쓰러져 죽어 있었습니다. 혼자 살겠다고 앞서 가던 그 동행자였습니다.

혼자서도 잘 살 수 있다고 큰소리로 장담하면서 동행을 거부한 먼저 간 남자는 결국 죽고 말았습니다. 그러나 혼자보다 둘이 좋고, 둘보다 셋이 함께라면 춥고 험난하며 먼 산행도 사고 없이 해낼 수 있다는 현실을 알게 해준 시간이었습니다.

세상은 더불어 서로 돕고 의지하며 살아가는 정(情) 깊은 따뜻한 세상입니다. 힘들고 외로울 때 위안과 도움을 주는 사람이 얼마나 고마운지 늘 생각하게 합니다. 상생(相生)은 언제나 혼자가 아니며 두 사람 이상이 서로 돕고 도와가면서 살아갈 때 기쁘고 행복한 인생살이가 될 거라고 믿습니다.

내가 슬플 때, 기쁠 때, 외로울 때, 화날 때, 바쁠 때, 한가할 때, 맛있는 음식을 나눌 때, 병들어 아플 때, 먹을 것이 없어 배고플 때, 도움의 손길이 필요할 때, 부모 형제처럼, 그리고 진실한 친구처럼 이웃처럼, 언제나 항상 함께 동행하면서 살아가기를 소망합니다. 이렇게 사는 것이 참다운 인생 삶이며, 동행입니다. 상대의 상황이나 환경에 적절하게 인간미를 행하며 언제라도 생각과 뜻을 함께해가는 미덕이 절실할 때입니다. 동행은 반드시 강자가 약자를 돕는 일입니다.

이런 노인이 되어야

노인이라고 늙었다고 존경받기를 기대하지 마세요. 때와 장소, 상황에 어울려야 하니까 할 일을 구별하지 못하고 행동이 불분명하게 처신하는 것 때문입니다. 세대 차이가 있고 수많은 경륜이 있어 어른으로 대우를 받는 일은 당연하지만, 나이가 들어도 사람으로서 외롭고 활동하고 싶은 욕망은 젊은이와 다를 바가 없습니다. 그래서 노인이 사람답게 살 수 있도록 일자리를 제공하고 조성해 젊은이들도 희망과 꿈을 만들어 갈 수 있도록 기회를 나누며, 사회적 여건을 조성해 후대들이 살기 좋은 세상을 지향하게 하는 기틀을 만들어야 합니다. 언제나 노인과 어른들은 미래의 주역인 청년, 장년들의 밝은 세상을 위해 일자리를 나누고, 건강한 사회 여건을 조성하려는 참 모습을 보이고 행동에 옮길 때, 내 자식들의 더 나은 내일을 있게 해야 하니까 우리는 이런 노인을 존경합니다. 노인은 경험과 지혜를 젊은이들과 나누어야 합니다.

노인으로서 젊은이를 질책하는 것이 아니라, 부모 자식같이 걱정하고 염려하는 마음으로 도우려는 성숙된 모습과 태도를 견지하는 노인이 되어야 합니다. 곱게 잘 익은 한 인간으로 품격 있고 나이든 노인으로 지내야 합니다. "이제는 나도 노인이야" "이 나이에 내가 뭘" 하는 말을 하지 않으면서 할 일과 자리를 분별할 때 존경과 사랑도 함께 받을 수 있게 됩니다. 경륜을 나누고, 상식을 더해 가는 자문 역할자로 이 세상에 큰 빛으로 자리매김하면 좋겠습니다.

제2인생 취미생활은 춤추기, 악기 배우기, 봉사하기, 건강 활동 등 자기 적성을 찾아서 삼림 해설가나 교통안전 봉사자, 실버노인 봉사자, 아이 돌봄 봉사, 여가 선용 활동을 통해 이 사회에 유익한 역할을 할

수 있게 기회를 만들어 주어야 하며, 무엇을 어디서 어떻게 하고 재미
있게 살 수 있을지 사회 지도층이 노인들이 외롭지 않게 쉼터나 일자
리도 고민하고 만들어 드려야 합니다.

노인들이 즐겁고 신나며 보람차게 살아야 할 대상임을 우리 사회 지
도층은 알아야 합니다. 노인들도 노인 대학에 다니고 신지식을 연마하
여 젊은이들과 소통하고 교류하면서 신지식을 활용해 고독하고 외롭
게 살지 않고 큰 위로와 감사를 느끼며 젊은 시절의 경험과 지혜를 사
회에 활용하여 더 좋은 가치 있는 행복한 사회나 세상으로 빛날 수 있
을 것입니다.

죽기 전에 꼭 하고 싶은 것들

버킷 리스트라는 제목의 작품이 있습니다. 잭 니콜슨과 모건 프리먼이 함께 버킷 리스트에 적은 일들을 하나하나 실행에 옮깁니다. 영화 중에 소개된 목록에는 다음과 같은 일들이 있습니다. 세렝게티에서 사냥하기, 문신하기, 카레이싱, 스카이다이빙하기, 눈물 날 때까지 웃어 보기, 가장 아름다운 소녀와 키스하기, 화장한 재를 인스턴트 깡통에 담아 경관 좋은 곳에 두기 등. 이 영화를 통해 궁극적으로 깨닫게 되는 메시지는 "죽음의 순간에 가장 큰 후회는 하고 싶은 것을 하지 않고 포기해 버린 일이다."라는 사실입니다.

만일 인생이 3일 밖에 남지 않았다면… 우리는 하고 싶은 일을 하면서 일생을 살 권리가 있고, 그런 인생을 살도록 온갖 노력과 정성을 쏟을 테니까 인생의 노년에 이르러서는 더더욱 죽기 전에 꼭 해보고 싶은 버킷 리스트를 정확하게 작성해 볼 필요가 있습니다. 슬픈 사실이지만 이제 죽음은 다른 사람들의 이야기가 아니라 나의 문제이며, 언제 어느 때라도 불청객처럼 불시에 찾아올 수 있기 때문에 준비를 해야 합니다.

만약에 인생이 3일 남았다면 누군들 내게 있는 것을 더 많이 나누고 못해본 추억을 남기면서, 더 선(善)하고 밝게 명(明) 아름답게 미(美) 살고 싶어 하겠지요. 인간의 본성 때문에 사람들을 더 많이 사랑하고 싶어 합니다. 하느님을 더 많이 찬양하고 흠숭하고 싶어진다고 말합니다. 참으로 멋지고 아름다운 마지막 생각들입니다. 하지만 보통 사람들로서는 이렇게 철학적인 태도를 취하는 것보다 더 구체적이고 현실적인 목표를 정하는 것이 좋을 듯해요.

기업체 강의에서 똑같은 질문지를 주고 답을 구하면 대부분의 사람들이 비슷한 답변을 하는데, "여행을 간다. 싸운 사람과 화해하고 용서한다. 맛있는 음식을 나누어 먹는다. 소중한 사람, 그동안 그립고 아쉬워하면서 오랜 기간 못 본 친인척이나 지인들을 찾아본다. 사랑한다는 말을 한다. 삶을 정리하는 일기를 쓴다. 공기 맑고 자연환경 좋은 곳에 살면서 느티나무도 심고, 평범한 삶을 살아야지란 말을 자주 한다. 형제간에 화해한다. 농가 주택 지어 잔디 심고 삼나무 심어진 찜질방 꾸며 산다." 이처럼 평범한 일상의 것들뿐이라고 말합니다. 바꾸어 생각해 보면 평범한 일상을 즐기지 못한 아쉬운 것들입니다.

Now do it! (지금 그것을 하라)

얼마 전 교육 중에 만난 28세 Y군은 "아버지를 꼭 끌어안고 하루를 지내겠다"고 말해 가슴이 뭉클하기도 했습니다. 버킷 리스트를 작성해 보면 남은 인생 동안 무엇을 하며 살아가야 할 것인지 분명해지고 인생의 의미와 인생에서 자신에게 가장 소중한 것이 무엇인지를 명확하게 깨달을 수 있어 의미가 대단함을 실감할 수 있어 좋습니다. 그런 후에 "Now do it! (지금 그것을 하라)"일 뿐입니다. 이런 스케줄이 실현될 때 후회 없이 사는 길이며, 참답게 사는 인생인 것 같습니다. 마지막으로 현실적인 어려움을 핑계로 부정적인 생각에 사로잡힐지도 모르는 분들을 위해 반 고흐의 말로 격려를 대신합니다.

"시도할 용기가 없다면 도대체 인생이란 무엇이겠습니까?"
지금 당장 시도해 봅시다.

내 생각 나무

나는 중학교 때까지 시골 농촌 마을에서 중학교를 나왔고, 초가집, 다음에 기와집에서 살았습니다. 집 울타리 주변에는 상수리나무가 몇 그루 심어져 있었고, 여름이면 나무에 집게벌레나 풍뎅이, 벌, 나비가 나무의 즙을 먹이로 날아들고 맴도는 모습을 보기도 하였고, 잡아서 놀이도 하면서 자연스럽게 생명체에 대한 애착도 가지게 되었습니다. 무언의 대화를 나누면서 좋은 감정이 있었습니다. 참나무, 왜 하필 참나무란 이름을 붙였을까요? 참새, 참기름처럼 '참'이란 좋은 의미가 더 강한 것 같습니다. 그런 연유에서인지 참나무는 열매도 식용으로 이용되기도 하지만, 그 당시에는 실제로 묵을 쑤어 먹거나 지금처럼 상수리, 도토리처럼 먹지는 않았습니다. 그러나 왠지 나는 참나무가 마음에 드는 나무였습니다.

추억이 깃든 내 나무, 참나무가 고등학교 당시와 현재는 좋아하는 나무가 느티나무와 팽나무로 바뀌었는데, 이유는 수령이 수백 년, 거의 천 년에 이르는 우리 인간이 알 수 없는 세월을 수난과 고난을 견디면서도 죽지 않고 역사를 말해 주는 듯 생생하고 활기차게 살아왔기 때문입니다. 그 나무가 나는 좋습니다.

역사가 깊은 마을 입구에는 어김없이 느티나무가 자라고 있으며, 다람쥐, 비둘기, 산새들의 둥지가 있으며, 안식처가 되기도 합니다. 그리고 여름에는 나무 아래 의자에 앉아 사람들의 쉼터가 되기도 하고, 나무의 기운을 받아서 힘을 얻기도 하니까 난 그 나무에 매력을 강하게 받습니다. 키가 크고 줄기가 단단해서 재목으로도 일품이지만, 귀목이란 이름처럼 고급 가구 제작품의 원재료로 가치가 큽니다.

사람들의 전쟁과 온갖 질곡 속에서도 기쁨과 아픔을 말없이 견디고 참고 살아온 역사의 유산물이지만, 뽐내거나 자랑하지도 않는 자태가 난 그런 나무같이 되고 싶고 그렇게 살고 싶습니다. 나만의 귀목이 아니라 슬픔과 비극을 보아온 느티나무는 성남의 남한산성에도 지금도 우람하고 건실하게 자라고 있습니다. 나무에 대한 보편성과 특수성은 나에게는 말로 표현할 수 없는 가치와 효용을 간직하고 있기 때문에 그 나무를 보고 있노라면 마음이 차분해지고 공손하게 겸손해지는 이유가 분명 있을 듯합니다. 나에게도 또 다른 사람들에게도 마음의 나무는 언제나 보편성과 특수성을 지니고 있으며, 한 인간에게도 누구에게도 추억과 역사에 대한 영향력이 있습니다. 그래서 어린 시절에 어떤 나무를 만나느냐가 한 인간의 마음속 나무를 결정하는 데 아주 중요합니다. 만나는 사람마다 마음속에 나무를 품고 싶어집니다.

마음을 비우고 가진 것을 나누자

한 집에서 여러 식구가 함께 살던 때가 있었습니다. 자녀들이 성장해 각자 가정을 꾸려 독립 가정으로 분가하여 살아가니 북적거렸던 그때가 그립기도 합니다. 오늘도 일찍 자고 일찍 일어났습니다. 평상시 습관화된 내 생활입니다.

5시 10분 기상. 잠에서 깨니 고요한 아침을 오고 가는 차 소리로 바닷가 파도가 멀리서 오고 가듯 소리가 쉼 없이 들립니다. 마음을 비우며 내려놓고 살아야지 다짐해 봅니다.

내 생활은 출퇴근으로 직장과 집을 오가면서 지난날은 매우 단조로운 생활을 살았습니다. 몇 년 전부터 직장과 이렇게 살려고 했습니다.

마음을 비우니 편안합니다. 마음을 비우고 내려놓기 전에는 잘 느끼지 못했습니다. 비우니 이제야 알 것 같습니다. 마음을 비우니, 비운만큼 공간이 생겼습니다. 마음을 내려놓으니 욕심도, 고민도 무게가 줄어들어 가볍습니다. 마음을 비우고 욕심도 내려놓으니 세상이 이제야 바로 보이기 시작했습니다. 비우기 전에는 허울 좋은 가식 덩어리가 가득 차서 세상이 가려 보였습니다. 욕심과 마음을 비우기 전에는 세상 사람들을 불신도 했습니다. 세상 사람들 중 향기롭고 선한 사람들도 참 많은데 말이죠.

다시 다짐해 봅니다. 내가 다른 사람들과 생각, 감정, 느낌에 차이는 있을 수 있습니다. 그래도 세상에는 좋은 사람들도 참 많습니다. 서로가 공생, 공존, 공영의 공통점을 향하여 살아가자. 마음을 비우고 내려놓으니 희망의 빛이 더욱 선명해집니다.

'인간의 욕심은 메울 수 없다. 그러나 바다는 메울 수 있다.'

끝없는 욕망 때문에 공들여 쌓은 덕도 자위도 허망하게 무너지니 때를 알고 비울 때를 알며, 나눠 줄 수 있으면 좋겠습니다. 이 같은 비움과 나눔은 영원히 빛날 것입니다.

인생을 처음처럼 후회 없이

누군가 말했습니다. 구름도, 바람도, 강물도, 세월도 흘러간다고, 사람의 생각, 말, 마음, 세상도 흘러갑니다. 기분 좋은 일상도, 좋지 않은 일상도 흐르고 흘러가니 얼마나 다행입니까? 만약에 흐르지 않고 멈춰 있었다면 어떻게 될까요? 그것 또한 답답합니다.

인생을 살아가다 보면 때론 아픈 일, 기쁜 일, 힘든 일, 슬픈 일도 있지만 자고 나면 꿈을 꾼 것처럼 사라지고 흘러갑니다. 얼마나 감사한 일입니까? 세월은 유수같이 흘러 좋은 일과 기억하기 싫은 일도 함께 흐르고 흘러가니 기쁨과 희망, 감사함이 아닌가요? 그래서 감사해야 합니다. 젊은 시절에 아름답던 애절한 사랑도 언젠가 잊혀지고, 싫었던 상황도 살다 보면 중년이 되었고 노년이 되어 늘 처음을 그리워하고 아쉬움으로 다가옵니다. 이런 만남과 헤어짐을 학자들은 '회자정리(會者定離)'라 합니다.

우리 인생에 영원한 일은 없습니다. 살아 있을 때 처음처럼 진심과 정성으로 서로가 이해하고 소통하면서 사랑을 나눕시다. 후회는 남는다고 하지만, 서로가 끝까지 후회 없이 미련도 없이 사는 일이 최고의 선이며 참사랑입니다.

우리 함께 자애(自愛)와 타애(他愛)를 실천해요.

나의 처치를 약진의 발판으로 삼아

내가 살아오면서 가장 큰 충격을 받은 때는 중학교 다닐 때였다. 수많은 고생만 하신 어머니가 세월의 무게를 견디다 참다가 이기지 못하고 병원에 한 번도 못 가보고, 가슴앓이에 좋다는 약 한 재 써보지 못하고 한(恨)을 품은 것처럼 말씀도 못 하시고 동생 국민학생 철부지를 놔두고 눈물로 가셨기 때문이다. 남겨진 아버지, 4남 1녀의 말 없는 눈물의 슬픔이 오죽했으면 그렇게 가셔야만 했을까. 세상 배고픔 시대, 허름한 옷, 편치 못했던 잠자리, 늘 무명 적삼에 흰 치마와 검정 치마를 입고 맛있는 음식은 아버지에게 상 차려 주셨으며, 산후 조리는 꿈에서나 해본 어머니. 그래도 가난을 극복해 부유한 우리 가정을 만들려, 좋은 알곡 벼, 보리는 시장에 팔아서, 돈으로 준비해 황소를 사 기르고 곡식을 남들에게 빌려주어 이자로 부농을 이루었다. 이 큰 며느리도 얻고 먹고 살만 해지자 세월의 무게가 버거워 좋은 세상도 보지 못하신 어머니는 그렇게 내 가슴 아프게 암울하게 떠나셨다. 이 당시 난 세상에 땅이 꺼지는 어두움을 비애와 동시에 슬픔을 느꼈다. 이 느낌은 아직도 우리 모든 가족의 슬픔일 것 같기도 하다.

이런 사연으로 나는 눈물을 삼키면서 공부를 더 열심히 했고, 홀로 계신 아버지의 말씀을 더 잘 이해했다. 수많은 다짐 속에서 철이 일찍 들었나 보다. 형님들은 형편이 어려워 하고 싶은 학업에 한을 내가라도 풀어 드리자 뜻을 세우고 공부한 결과 광주교육대학교에 들어가서 훌륭한 교사가 될 기회를 잡았고, 남달리 그래도 소망을 이루었다. 이 당시는 교사가 많이 부족하던 때였다. 운이 있었던 것 같다.

언제나 내 머리 속에는 "우주를 머리에 안고 큰 사람 되어야 한다."라는 생각이 있었다. 그래서 바람직한 인간다운 세상, 아픈 사람이 누구나 치료받기를 바라는 세상을 희망했다.

1969년 교사로 임용되어 약 1년 6개월 교사를 하다 군에 부름을 받아 의무 복무를 즐겁게 마치고 복직해 가족을 이루면서 살았다. 여기서 나 자신 좀 아쉬운 점이 있다. 어렵게 공직을 하게 해 준 형제들과 아버지에 대한 보답이 소홀한 점을 살아가면서 느끼게 되었던 것. 그러나 한편으로는 누가 나를 책임질 수 있겠는가를 고민하지 않을 수 없었기 때문에 우선 나의 독립이 더 절실함이 작용한 것을 부인할 수 없었다. 영장 받고 입영 당시 기왕 군대 갈 바에야 이미 가정 있는 나는 해병대사관학교에 장교로 들어가기 위해 시험에 응시해 1, 2차 합격했지만, 기혼 사유로 3차에 떨어지고 말았다. 육군 의무기간을 무사히 제대하고 다시 복직해 해남을 시작으로 약 20여 개 학교를 전근 다니면서 가는 학교마다 내 정성과 뜻을 학생들과 교감하였고, 미래 내 제자들이 바람직한 인성으로 사람 사는 빛의 역할자로 살게 하고자 성실하게 현장 교육에 임했다.

그 과정이 힘들고 어려운 때도, 괴로운 때도 있었기에 결과는 제자들의 빛으로 영원하게 나타날 것이다. 나는 확신한다. 내가 교육한 제자들이 필연코 자유로운 활동 속에 행복의 귀목(貴木)처럼 사람이 사람으로 책임과 의무를 다하면서 사회 요소 곳곳에서 큰 역할자로 빛날 것으로 확신한다. 모든 걸 아낌없이 주는 또 다른 나무 이름 팽나무, 느티나무 같이 주는 기쁨으로 살아갈 제자들…

성공도 실패도 모두가 다르지만 계획적이고 바람직하게 교육을 받은 내 제자들은 반드시 인간답게 먼 미래를 즐겁고 행복하게 살 것이다. 내 처지를 운명을 기회로 놓치지 않고, 약진하며, 도약할 것이다. 꼭 이루어지길 소망한다.

나는 이런 단어를 사랑이라 말하고 싶다.

사랑이란 비교하지 않는 것

큰 그릇이나 작은 그릇이나 빗물이 들어가 차면 찰랑찰랑 차고 넘칩니다. 내 자식의 시험 성적 75점을 다른 집 아이 85점에 비교해서 "왜 너는 75점이냐" 하고 "이 바보야" 하는 식으로 비교하지 말아야 합니다. 대신 조금만 관심을 집중해 노력하면 "너는 잘 할 수 있을 거야. 실망하지 말고 기죽지 말아"라는 조언을 해주는 것이 좋습니다. 사랑은 상대방의 부족함을 알고 느낀다면 보충해주고 채워주는 것입니다.

사랑하는 교육은 상, 중, 하 중에 하에 관심을 더 두고 관심과 신경을 더 써주는 것입니다. 장애아, 저능아, 신체적인 장애아, 후천적인 장애아를 더 배려해 주는 것입니다.

손실

건강을 잃고, 친구를 잃고, 명예를 잃은 것은 큰 손실이나 남을 사랑할 줄 모르는 마음을 잃은 것은 더 큰 손실이라고 생각합니다. 자기를 소중히 여기는 만큼 다른 사람도 소중하게 여길 줄 알고 아껴주고 배려해 줄 수 있는 마음, 따뜻하고 촉촉한 것이 사랑입니다. 그리고 부족하거나 못 미치는 부분을 도와주며 보완해 주는 것입니다.

사랑도 모르면 할 수 없고 이해심이나 상대의 관심을 끌지 못하면 이룰 수 없습니다. 사랑은 서로 상대적이기 때문입니다.

희망

희망은 사람을 성공으로 인도하는 신앙을 인도하며 희망 없이는 인간 생활이 영위될 수 없습니다. 반대로 실망이란 못난 사람들이 내리는 결론이라 합니다.

계획
첫 단추를 잘못 끼우면 마지막 단추를 낄 구멍이 없습니다. 산다는 것은 계획을 세우는 과정이며 계획이 없는 인생은 난파하기 쉽습니다. 인간은 계획에 따라 최선을 다하면 될 것입니다. 나머지는 신이 처리해 준 것이라 믿고 전심전력하면 됩니다.

승자와 패자
승자가 즐겨 쓰는 말은 "다시 한 번 해보자"이며 패자가 즐겨 쓰는 말은 "해봐야 별 수 없다"고 포기한다고 합니다.

정직
얼마만큼의 사람을 늘 속일 수 있고, 모든 사람을 잠시 동안 속일 수 있지만 모든 사람을 늘 속일 수는 없다는 진리를 기억하고 사세요.

의지력, 실천력
무엇인가 하려는 사람은 방법을 찾고, 아무것도 할 수 없는 사람은 구실을 찾는다니 이유나 구실을 너무 방패로 삼지 마세요.

겸손
미국 16대 에이브레햄 링컨 대통령은 자기의 구두를 닦고 있었습니다. 그 모습을 본 비서가 말했습니다. "이러시면 안 됩니다." 그러자 대통령은 이렇게 대응했습니다. "대통령이 구두를 닦는 것이 아니라 구두 닦이가 대통령이 된 겁니다."
유머 센스쟁이 '하하하.' 직업이나 신분을 뛰어넘는 언행이 위대한 대통령다운 말로, 역시 유명한 분들은 사람들의 긴장감을 웃음으로 풀어주는 센스가 대단합니다.

나의 전화위복

내 나이 칠십, 근 40여 년을 학교와 집을 오가면서 동료 가족과 좋은 추억 없이 다람쥐 쳇바퀴 돌리듯 살았습니다. 그래서 내가 퇴직하면 아내랑 우리나라 곳곳을 유람도 하고, 맛있는 음식도 사 먹고 즐겨야겠다고 직장을 명예롭게 내려놓았지요. 지난 날 못 해본 일과 아름다운 추억을 쌓기 위해서 보상받기 위해서였는데, 왠 일인지 내 뜻과 달리 아내가 아프기 시작해 계획은 순탄하지 못했습니다. 그 동안 세월의 무게는 가려는 길을 가로막는 것 같았습니다. 인간사 호사다마란 이런 경우를 두고 나온 말 같았습니다.

우리 인생길이 위기를 맞이하는 순간들이 시작되었는데, 여러 가지 이유는 첫 번째는 식량을 가지러 가다 둘째 딸 젖먹이 때 해남에 살면서 광산에 오다가 교통사고로 버스에서 머리를 다쳐 머리를 세 번 꿰매야 했고, 두 번째는 경북에서 아들 군 장교로 근무하던 때 큰 사위, 딸, 아들, 우리 부부가 함께 면회를 가던 도중 함께 탄 자가용차가 물논으로 빠져 놀란 가슴을 쓸어안아야 했습니다. 불행 중 다행인지 크게 다치지는 않았으나 차가 망가져 죽을 뻔했던 쓰디쓴 추억하기 싫은 과거사가 되었습니다.

아내는 산후 조리도 제때 하지 못했고, 여러 가지 가사로 마음 편하게 살지 못했기에 늘 퇴직 후엔 국내외 여행하면서 그동안 힘겹게 살아온 아내에게 보상해줘야겠다 했는데… 어느 날 숨쉬기가 힘들고 일어서기가 곤란해져서 병원에 가서 검사를 했더니, '이런 날벼락' 중환자 판정을 받으니 가슴이 내려앉고 머리카락이 희어졌습니다. 그 뒤로 병명을 알고 병원에 입원과 통원치료를 하면서 수년을 지내왔고, 현재도 서울 아산병원에 암치료를 이어가고 있습니다. 병원에는 왜 이렇게도 아픈 이들이 많은지 일상생활을 하면서 건강관리를 더욱 잘해야겠다는 생각이 들었으며, 내가 살아온 지난날의 세월의 한탄과 무게를 겸허하게 받아들이며 여생을 더 의미 있게 서로가 서로를 아끼며 사랑하라는 감사와 겸손을 일깨운 시간들인 것 같아 애지중지 알뜰살뜰 보살피라는 명제를 깨닫게 된 생활을 하기에 이르렀습니다.

사람이 아픈 것은 정말 본인은 더 괴롭고 슬픈 일이겠지만, 옆에서 아내를 지켜보고 간호하는 내 심정은 내가 아내에게 해 줄 수 있는 일이 이다지도 없다는 사실에 자꾸만 안타깝고 서글퍼지며 내가 손 쓸 수 없다는 한계는 현실에 괴롭고 허무하게만 느껴지고 작아질 뿐이었습니다. 집에서 보살펴 준다고 해도 통증은 심하고 '아이고 아파', '응응' 거리며 고통과 신음소리가 날 때마다 아내를 어떻게 해주면 통증이 사라질까 수십 번 아니, 수만 번 근심, 고민을 하면서 도움을 주려고 노력하지만, 아픈 아내의 마음에는 성에 차지 않는 건 어쩌면 당연한 일인 것 같았습니다. 가끔씩은 아내의 불만이 터져 나오고, '내가 간호를 제대로 못해주나' 하는 아쉬움도 남습니다.

진정한 부부란, 좋은 일만 있는 것이 아니고, 아프고 힘들수록 아프지 않은 사람이 아픈 사람을 정성을 다해 돌보아야 함을 더 절실히 알게 되었으며, 하루에도 수십 번, 수백 번 앓아누워 있으면서 불평불만을 쏟아낼 땐 정말 '누구에게 이 마음을 하소연 하면 될까?' 남몰래 하늘을 쳐다보면서 힘겹고 비참해서 자신과 하늘을 원망도 했습니다. 모든 것이 순간이라지만 난 내 자신의 한계에 초라하기도 했고, 보이지 않게 눈물을 삼키며 지내왔고 지금도 진행형이지만 "괜찮다"고 좋아진 다며 위로하고, 통증을 해소하려는 노력은 계속되고 있습니다. 그녀의 뜻을 맞춰주려고 힘겨운 나날을 보내지만 누가 나 아니면 그렇게 간호해주겠는가? 누군들 환자만 하겠는가? 지극 정성으로 간호하고 스스로 돕는 길이 난 하늘이 내린 사명이라 명심하면서 살리라. 그 동안 내게 해준 사랑과 정성을 되돌려줄 운명의 기회라 여기며 은혜에 답하리라 다짐합니다. 때론 피하고 곁을 떠나고도 싶지만, 이럴 때일수록 부부간의 애정이 필요한 때라 생각해서 더 잘 대해주리라 다짐합니다.

이런 사이가 진정한 부부만의 일이니까 신경이 쓰이면 글을 쓰고 자신의 지난날을 되돌아보면서 추억을 되새겨보면서 여생을 동행해온 부부로 아내를 더욱 애정 어린 심상으로 정을 주면서 스스로 도울 수 있을 때까지 도와가면서 살아가고 있습니다. '왜 좀 더 살갑게 대해주지 못했을까?', '왜 더 따스한 말을 건네지 못했을까' 그립고 아쉬울 뿐이지만 남은 세월 더 이해하고 껴안고 포용하며 반응하는 지성이면 감천의 뜻을 되새기면서 살리라. 이것이 마지막 인사로 기억하게 할 것입니다. 나에 대한 불만과 불평이 짜증으로 돌아오고 아파하고 괴로워해도 소용없는 일 같지만 나머지 내 지성을 빈 노트에 채우리라, 그래서 행복했노라고 이것이 지난날의 내 과오도 있었음을 자인하고 아내의 병세가 호전되고 안정되기를 기도하고 염원해야 하겠습니다.

이렇게 아픈 사람에게 가장 좋은 약은 마음의 안정과 평화뿐, 매일 손잡고 아파트 뒤, 작은 공원을 산책하거나 운동장을 거닐면서 지난날을 이야기하고 좋은 추억만을 기억하면서 살아가고 싶어집니다. 어쩜 지금이 행복이 아닐지! 순간이라도 내가 아내 곁에서 떨어져 있으면 "여보, 여보" 나를 부르는 아내가 어느 땐 사랑스럽기도 하고 가엾기도 해 보이지만 그게 바로 지금의 사랑이랍니다. 하지만 이런 때 내가 그동안 살아온 자신 돌아보면서 기쁜 추억, 아쉬운 점, 힘들었던 나날을 글로 써보게 되었으니, 이 또한 '전화위복'의 추억이 아닌가… 곧 좋아지면 손잡고 로마, 하와이, 이탈리아, 미국의 명소 아니면 처남이 거주하고 있는 알래스카 주를 여행하고 돌아오기를 희망해 봅니다.

늘 좋은 생각, 말, 행동을 실천해 옮겨 봐야 하겠습니다. 힘든 환경에도 슬기롭게 지혜를 짜고 능력을 발휘해 2019년 한 해를 보람과 희망찬 한 해가 되도록 성실하게 누군가를 위하고 자신을 위해 살아야겠습니다. 그래서 가족 구성원은 소중하다는 큰 깨우침을 얻게 되었습니다. 아내가 아픔에 시달리다 잠이 들면, 잠든 사이에 책을 읽거나 글을 쓰면서 시간을 보낸 것도 기쁨이요, 보람의 시간이었습니다.

다람쥐 쳇바퀴 인생

우리들 인생의 생활이 어떻게 보면 다람쥐 쳇바퀴 돌 듯 살아가고 있는 느낌을 지울 수 없습니다. 부모에게 생명을 이어받아 출생하였고, 유아기, 아동기, 소년기, 청년기, 장년기, 노년기를 거치면서 기별로 공부도 하고 결혼도 하며 부모가 되기도 하고, 늙고 병들어 세상을 떠납니다.

인생 길, 각자의 할 일이 주어지고 사명을 수행하면서 보람과 가치를 추구하며 살아갑니다. 살기 위해서 아침, 점심, 저녁을 먹어야 하고 각자 맡겨진 일을 어김없이 하지 않으면 살 수가 없기 때문입니다. 이러한 일련의 순환이 마치 "다람쥐 쳇바퀴 돌리는" 이치와 별반 차이가 없어 보입니다. 그렇지만 헤아릴 수 없이 많은 사람들은 때와 상황, 장소에 따라서 언어가 다르고 피부색이 다르지만, 그래도 끊임없는 욕망을 이루려고 자신과 타인과도 알게 모르게 투쟁을 하며 살아가고 있습니다. 하루 일정도 낮에는 일하고 밤에는 잠자리에 드는 반복된 생활로 이어집니다.

이런 인생 길, 선조들의 힘들고 고달픈 사연들도 있었을 것이고 현재를 살아가고 있는 우리들도 선조들의 배울 만한 선행은 배워야 하고, 미래를 위한 모범정신과 얼은 전수해야 할 소중한 역사의 유형무형의 가치관인 것입니다.

농공상업도 전통 방식의 장점을 유지 계승하되 더 선진화된 발전된 바퀴를 돌려야 합니다. 현재의 세상을 제4차 산업시대라고 합니다. 전자, 통신, 교통, 항공, 철도, 항만 등 모든 분야에서 급변하는 세상에서 살아가기 위해서는 끊임없이 학습해야 하고 이론과 실무를 습득해야

만 다람쥐 쳇바퀴는 쉬지 않고 돌아갈 것입니다.

"흐르는 물에는 이끼가 끼지 않는다."고 했습니다. 물레방아를 돌리고 돌리듯이 과학, 문명, 문화의 창달을 원한다면 인간의 꿈은 자아실현을 목표로 계속 내일을 향해 갑니다.

다람쥐 쳇바퀴 인생을 무의미하게 생각하지 말고 유의미하게 인류의 이상 실현에 기여할 수 있는 가치 있고 보람찬 미래를 위하여 한 번뿐인 삶을 그 누군가의 인간이나 자연에게 가치 있고 보람된 일을 하며 살아가면 좋겠다고 긍정해 봅니다. 인간은 누구나 이 세상에 태어나 선익에 이바지하려고 합니다.

인류의 번영과 평화를 위한 일도 좋고, 혼자 사는 이들에게 벗이 되는 생활도 좋고, 복지사회를 위하여 자선사업을 할 수도 있으며, 아이들과 노인들이 행복하고 아름다우며 안전하게 걱정 없이 사는 일에 기여하는 자들도 좋으며, 장애인들도 우리 함께 누릴 수 있는 세상을 만들어 가는 쳇바퀴 인생 생활을 이루려 합니다. 그림자 인생이 아닌 빛의 생을 살고자 합니다. 비록 일상이 다람쥐 쳇바퀴 같은 삶이더라도 그런 세상이 되면 좋겠습니다.

목욕통을 방안 이리 저리

때는 74년, 군 제대를 하고 해남 삼산남교에 교사로 복직했을 때였습니다. 동네에는 우리 부부와 식구가 살 마땅한 집이 없었습니다. 분가의 자유를 꿈꾸던 아내와 우리 네 식구는 신접살이도 변변치 않게 허름하고 보잘 것 없는 학교 관사로 이사를 했지만, 마냥 즐겁게만 살았습니다.

때는 무덥고 긴 여름날, 하염없이 장대 같은 비가 내리고 무더위가 기승을 부리면서 허술한 기와지붕에 빗물이 새어 들어와 방바닥에 빗물이 고였습니다. 우리 아이들이 비에 젖지 않기 위해 잠자리를 이리저리 옮기고 목욕통으로 빗물을 받던 그 시절이 70이 넘은 지금도 아련하게 떠오릅니다. 남들이 생각하기에는 안쓰럽지만, 우리 가족과 아내에게는 잊을 수 없는 추억이며, 내 집 없이 살아가는 이들과 마음을 나눌 수 있는, 그래서 집 없이 사는 이들과 아픔을 공감하는 세월이 되었습니다.

사람살이도 '궁하면 통한다고' 셋집을 얻을 수 없었고 돈도 없었으며, 반듯하게 밥상 하나 없이 분가를 했지만 유일하게 교직이 있었기에 슬퍼하거나 노여워하지 않았습니다. 젊은 패기와 열정으로 즐기고 희망으로 지내왔던 그때가 지금 생각해보면 가장 아름답고 즐겁고 자유로운 인생살이 같아서 참 행복했습니다. 학교 관사 빈터에 유지 작물을 심었고 고추, 오이, 무, 배추를 심었으며 치자, 유자, 비파를 가꾸었고, 토끼를 사육해 손님이 왔을 때 고기를 상차림하던 그때가 내 인생의 봄날이었음을 잊을 수 없습니다.

인생의 행복이 별거 아님은 많은 욕심 없이 가진 것에 감사하고 현실에 만족할 때인 듯 경험을 통해 많은 것을 알고 느끼게 된 것 같습니다.

지금은 자녀들이 모두 출가해 살아가고 있으니 고향 부근에 농가를 구입해 풀 냄새, 흙냄새 맡으며 자연과 벗하면서 아기자기 살고 싶습니다. 밭에서 나는 여러 종류 열매와 채소를 나눠주면서 마음 가는 대로 길 따라 정처 없이 발길 멈추는 곳에서 건강만 생각하고 살고 싶습니다. 사람 삶이 아이가 자라서 어른이 되듯이 그리고 노인이 되듯이, 잠자듯 아름답게 돌아가는 것, 이런 인생이 최고의 값진 삶이 될 것 같습니다. 오늘 하루도 어린아이가 걷기 위해 기둥을 잡고서는 연습을 하며 넘어지고 일어서기를 반복하다 걸음마를 하듯이 인생 길 나그네 길을 아름답게 사랑하며 살리라.

때로는 웃기도 했고 언젠가는 울기도 했으며, 고달픈 길, 험준한 산길도 오르고 내려왔습니다.

내 나이에 걸맞게 운전하면서 룰루랄라 신나게, 멋지게 인생 제2막을 아픔 없이 살아가고 싶습니다. 범사에 감사를 머리에 기억하면서…

미래를 더 행복한 생활을 위해

사람이 내 자녀 형제가 바라는 세상살이를 위하여 현재를 어떻게 가꾸어 가야 될까요? 누구나 인생을 안락하고 편안하며 쾌적하게 살아가기를 희망하며, 그렇게 살아가기를 소망하면서 살아가고 있습니다. 일일삼추(一日三秋), 하루가 세 번의 가을을 맞는 심정으로 살아가고 있습니다. 이렇게 생각하며 10년 후, 현재의 우리 세대들보다 발전되고 풍요롭고 태평성대한 세상살이를 사람의 아름다운 모습으로 살아가길 기원하면서 각자의 빛으로 살았으며, 그렇게 살기를 원하는 것이 현재의 우리 모습들입니다.

우리들이 어떻게 살아야 할지! 지금을 잘 지내야 합니다. 잘 먹고 소화시키고 잘 배출해야 하며, 잘 놀아야 합니다. 과음하지 말아야 하고 유쾌, 상쾌하게 지내야 합니다. 춤추고 노래하고 글 읽고 책도 펼치면서 여유를 즐겨야 합니다. 칠순이 넘은 우리 세대들은 그동안 가족 부양과 직장 일 때문에 그렇게 해보고 싶던 자기의 제대로 된 일을 못 했지만, 이제는 우리 세대들이 진정 해보고 싶은 일을 해야 합니다. 산이 좋으면 등산을 해보고, 물이 좋으면 강이나 바다를 찾아서 낚시를 즐기면서 시간을 소일하고 자신의 취미나 특기를 세상 모든 이들과 함께 해야 합니다. 나만을 위해서 멋진 집도 지어보고 찜질방을 짓고, 집 주변에 삼나무, 편백나무, 측백나무, 향나무를 심어 자연 친화적인 숲이 우거진 나무 숲속의 집을 지어 풍류를 즐기는 그런 집을 지어 가족들과 오순도순 마음 편한 쾌적한 삶을 살아 봐야 할 것 같습니다.

틈틈이 아내랑 손잡고 우리나라 곳곳을 돌아다니고 풍경을 감상하며, 여유가 생기면 유럽, 미국, 영국, 벨기에, 네덜란드, 룩셈부르크, 하와이 등에도 여행을 떠날 계획입니다. 산소가 풍부하고 공기 좋은, 물

맑은 곳을 여행하면서 살기를 바랍니다. 지금의 우리 세대들은 생각과 행동, 말이 뜻대로 잘 이루어지지 않을 수도 있겠지만 그래도 늘 꿈은 꾸어야 합니다. 왜냐하면 그 희망 사항도 꿈도 그 누가 대신할 수 없기 때문입니다. 현재 소유하고 있는 재산은 자연에게 빌려 쓴 것이므로 소중하게 아끼고 보살펴서 후대들이 꼭 필요한 때 사용하도록 장소와 기회를 넓혀 주어야 합니다.

철학자 소크라테스가 한 말 "나는 누구인가?" (Who am I?) 이 답을 늘 해야 합니다. 그리고 "나는 어떻게 살 것인가?" (How to live), "나는 어떻게 죽을 것인가?" (How to die) 생각하면서 멋진 인생, 가치 있는 삶을 설계하고 살아야 합니다. 사명감을 가지고 책임을 끝까지 완수하면서 인생 선배, 스승으로 고귀한 귀감이 되는 참된 삶을 살아야 합니다.

아울러 "저 푸른 초원 위에 물 맑고, 공기 좋은 곳에 그림 같은 집을 짓고 사랑하는 가족과 행복하게 살고 싶습니다. 한옥에 잔디를 심고 여러 종류의 꽃을 심고, 울타리는 편백, 측백, 삼나무를 심어 살고 싶습니다. 황토 찜질방과 삼나무 목욕탕을 지어서 기회가 되면 아파트를 떠나 안락하고 편한 보금자리를 지어 살고 싶습니다. 집 주변에 텃밭을 가꾸고 무농약 먹거리를 재배하여 아기자기 살고 싶습니다.

도시에서 한정된 불편함을 해소하고 토끼, 닭, 벌, 나비가 나는 그런 집에서 살고 싶고, 내가 그리는 세상을 '사정수무(思正愁無)' 즉 생각이 바르면 근심이 없다라는 내 신념으로 언제 어디서나 긍정하면서 우리모두를 위하여 아름답고 거룩하게 살아가리라. 그래서 내 인생에 빛으로 태양처럼 우주처럼 넓고 높은 도량으로 참된 좋은 아버지 상을 떠올리며 살고 싶습니다. 이런 삶이 나의 마지막 소망입니다.

성찰(省察)

돌이켜 생각해본다. 왜 그 성실하고 똑똑한 그를 믿지 못했을까? 뭐든 사 주었다면 잘 다녔을 텐데… 기우(杞憂) 심은 내가 나를 의심하는데 누가 나를 믿겠는가? 차를 사주고 기우심을 가진 내 잘못, 정말 바보였다. 기우심이 몰고 온 내 불안과 걱정이 이런 줄 이제야 알았다. 누군가를 믿지 못하는 건 분명 큰 병이다. 스스로 기우심에 사로잡혀 살았던 나, 이제는 끊어버려야 하겠다. 믿음 주고 사랑 주는 아버지다운 아버지가 되련다.

하찮은 일에 빠지지 말고 대도의 길을 가라. 잘못도 있고 잘됨도 있을 테니 내가 나를 다스리자. 그래야 좋은 운이 따른다. 내가 아무리 잘하라고 해도 상대가 결심하지 않으면 허사인 것을 왜 몰랐을까? 언제나 시작은 좋은 뜻으로 하지만 결과는 알 수 없는 일. 누구를 원망하고 탓한들 무슨 소용 있겠는가? 돌아서면 잊어버리는 이 심정을 이제부터는 무조건 믿음 주고 사랑 주며 살겠다. 의심하지 말라. 남을 탓하지 말자. 가족을 믿고 상호 협심하자. 무조건 가족의 믿음으로 살아야 한다. 가족이 없으면 날개 부러진 새와 같고, 내 가족이 없으면 기쁨도 즐거움도 없다.

믿음, 소망, 사랑으로 늘 편안하고 포근함을 심어 가는 우리 가족을 만들어야 한다. 언제나 따뜻한 시선으로 지켜봐 주는 행복한 가정을 위하여 정성을 다해야 한다. 소중한 우리 가족을 믿어주고, 지켜봐 주며, 내가 먼저 믿고 의지하련다. 내가 계속 지키고 싶은 사람이 있어야 믿음이 생긴다. 우리 가족 모두가 언제나 평화의 가족이 되도록 힘써 자신들의 일과를 한 번쯤 되돌아보자.

생생하게 떠오르며, 잊으려 해도 잊을 수 없는 너는 먼 길 떠나고 말았다. 아마 나는 너를 무지 사랑했나 보다. 금요일 마지막 날에는 집에 돌아올 것 같은 미련 때문에 몇 주간은 금, 토, 일을 그렇게 창밖의 너의 발자국 소리를 기다려 주고, 또 아쉬워서 사모했나 보다. 천국에서 이 세상에서 못 다한 꽃도 피우고, 하고 싶은 일 다 하고 살아야 한다. 가끔씩은 기도하겠다.

우리 집에서 키워본 누에

누에를 치면서 보았지요. 쉬지 않고 먹기만 하는 애벌레들. 먹고, 먹고, 먹고… 저렇게 '소록소록' 먹을 수 있다니, 하는 놀라움까지도 먹어치우는 한심스러운 벌레. 처음 볼 때는 징그럽기도 했으나 누에의 한 살이를 이해한 뒤에는 비단실을 주는 참 고마운 누에임을 알게 되어 자주 만질 수 있었습니다.

벌은 쉬지 않고 꿀과 꽃가루를 모아들이고 따와서 우리에게 유익을 주고, 나비는 꽃을 찾아 이 꽃 저 꽃 나르며 식물의 결실에 도움을 주며, 나눌 줄 압니다. 창고에 저장하는 개미보다 좋은 벌레입니다. 쌓을 줄밖에 모르는 불쌍하게 느껴지는 녀석. 그래도 누군가에게는 도움을 나누는 벌, 나비, 누에는 좋은 벌레입니다.

매미를 보았습니다. 여름 한때 나무에 붙어 끊임없이 맴맴맴 앵 하고 노래나 부르는 한량. 땀 흘리며 일하는 수고함을 모르는 듯 내내 즐기기만 하는 녀석. 나무 그늘 아래 정자에서 낮잠을 즐기는 매미… 스르람, 벌, 나비는 자기 구실을 하면서 살아갑니다. 사람들에게 자연의 아름다운 하모니를 선사합니다.

아, 애달프고 가련한 것들. 꽃과 나무 그늘에서 한때를 즐깁니다. 누에와 벌과 매미를 보고 느끼면서 한숨도 쉬고 자연의 아름다운 음악에 정취도 느껴봅니다. 이때 내 곁에서 또한 누군가 한숨 쉬는 소리도 들리지만 주위를 둘러보니 아무도 없었습니다.

나는 문득 깨달았습니다. 그래, 하느님이 우리를 보고 쉬신 한숨. 사람도 누에처럼 사는 인간, 벌처럼 사는 인간, 매미처럼 사는 인간, 개미처럼 사는 인간, 생각하면서 함께 호흡 하나 봅니다. 하느님께서 안타까워 한숨을 쉬는 때도 환한 미소를 보이는 것은 아닐지! 나름의 감미로운 사색을 해 봅니다.

어느 벌레, 어떤 사람들도 각자의 색깔과 빛으로 살아가면서 각자의 맡은 일에 최선을 다하고 생명을 이어 가고 또 진화를 거듭하면서 살아갈 것입니다. 세상은 오케스트라 같이 명주실도 주고, 꿀도, 꽃가루도, 그늘도 주면서 서로 함께 살아갑니다.

해바라기

사람들의 일상이 어떨까? 아침을 먹고 직장으로 발길을 옮기며 맡겨진 일에 전심전력한다. 직장에는 상사도 있고, 동료와 후배 직원이 합심해 직장의 큰 목적과 공동 이익을 위해 충분히 자기 역할을 수행해야 한다.

이처럼 해가 아침에 떠 만물을 비추고 만물을 자라게 하듯이 우리 인간들도 누군가를 위하고 나아가 자기의 유익을 위해 하루를 돌고 움직인다.

해가 떠서 일상을 순탄하고 맑게 비추려 하나, 어떤 날은 안개가 자욱한 날, 구름이 낀 날, 비가 내리는 날로 변화가 있다.

이런 날, 해바라기는 어떤 모습일까? 해를 잠시 뒤로 하며, 해가 나오길 기다리다 다시 해를 향해 움직인다. 방향을 거스르지 않는 해바라기의 일상이나, 사람이 안개 낀 거리를 자신의 직장에 이런저런 못 미더운 생각을 접고 생을 위해 가는 길이 너무 유사한 것은 아닐까?

그렇게 여러 가지 사색 속에서 일주일이 가고 한 달이 흐르면 월급이 보상으로 돌아온다. 좀 답답하지만 내가 적성에 맞고 뜻에 맞는 일이라 다행이라 생각한다.

그러나 해바라기는 월급 대신 필요한 이들에게 안개를, 구름을, 비를, 어느 순간은 밝고 맑은 태양의 찬란한 빛을 만물에게 이해득실을 계산 없이 그냥 준다.

우리 사람들아! 일하다 힘들고 지칠 때면 이 태양의 빛의 위대함을 함께 받아보자. 그래서 용기를 내고 다시 해님의 저력을 받아서 더 큰 그림을 그려 보고 행진하자.

진정한 소유

아내와 함께 맛집을 찾아갔다. 맛집 앞 주차장에 주차하고 주변을 살펴보았더니 개나리, 진달래, 은행나무와 전봇대 사이에 까치가 집을 짓느라 나뭇가지를 연신 물어 나르고 있었다. 집이 다 지어지면 알을 낳고 새끼를 키우려는 예감이 든다. 전봇대와 은행나무의 비좁은 사이로 한 쌍의 까치가 부리가 헐고 꽁지가 빠지면서까지 보금자리를 짓는 모습이 신기하게 내 감정을 움직였다. 볏짚과 나뭇가지, 그리고 머리털, 새털, 솜 같은 털과 잎으로 단장하고 알을 낳고 부화하고 기르면서 독립해서 둥지를 떠나 날아가면 집을 미련 없이 버리고 날아가는 자연의 신비에서 사람들도 배울 점이 있음을 느끼게 한다.

진정한 소유가 무엇인가? 10일간 살다가 버리는 누에의 누에고치 집, 6개월만 살다가 버리는 제비 집, 1년을 살다가 버리는 까치 집 등 집을 짓기까지의 과정은 사람들이 그렇게 바라는 집을 짓듯이 설계와 집터를 보고 좋은 터에 짓고 안전하게 새끼를 기르기 위한 몸부림이 아닐까 하는 생각을 해 보았다.

주둥이가 헐고 꽁지가 빠져도 새끼를 위해서 지칠 줄 모른다. 날짐승과 곤충들도 혼신을 다해 자기 집을 지어 알을 낳고 새끼를 키우고 나면 보금자리를 떠나게 된다. 그러나 사람은 자신이 집에서 살다가 자신의 후손에게 보금자리를 물려주고 빈손으로 간다. 완전한 소유란 이 세상 어디에도 없다는 사실은 빌려 쓰고 다 쓰면 사물을 자연으로 되돌려 줘야 하고 자연의 혜택을 사람이든 짐승이든 잠시 빌려 사용했기 때문이다.

사람들의 과욕으로 자연의 파괴가 심각한 지경에 이르고 있다. 바다가

논이 되고, 산야가 도로, 아파트 단지 등 도시화가 됨으로 인해 강이 바뀌고 물길이 새로 나는 등 사람들의 편익만을 위한 과도한 개발로 황폐화가 빠르게 진행되는 것은 삶의 편리함, 편안함을 주는 것에 반해서 인간의 욕심이 부르는 재앙이 되고 있다.

우리 사람들은 삶에 있어서 알맞게 자연을 사용한 뒤에 되돌려 주려는 노력을 해야 할 것이다. 빈손으로 태어났으니 아름답게 살다가 빈손으로 곱게 가는 이치를 인식하면 좋겠다.

요즘 농가를 가서 보면 빈 집이 많이 있다. 그렇게 화려하고 좋았던 집들도 까치가 떠난 빈 둥지처럼 사는 사람이 없이 흉가가 되어 가고 있다. 이는 흡사 산새들의 텅 빈 둥지와 같다.

내려놓고, 비우고, 나누어 주어 젊은이들에게 희망을 주고 살기 좋은 내일을 기쁘게 살아갈 수 있도록 기성세대들이여 양보하고 타협하며 여생을 가치 있게 살다가면 어떨까?

이 글을 쓰는 때 강원도 산불이 났다고 한다. 수십 년 수백 년 자란 나무나 재산이 안타깝게 잿더미가 되었다니 이야말로 사람의 잘못인 인재로 우리 사람이 어떻게 살아가야 할 것인지를 또한 진정한 소유가 무엇인지 생각해 보게 하는 자성과 경각심을 일깨우는 문제인 것 같다.

자연을 아끼고 인재로부터 보호해야 할 막중한 사명감을 모두가 느끼며 완전한 소유는 없음을 새삼 느끼게 한다.

나팔 꽃 인생

누구나 인생은 현실에 안주하지 못하고 뛰고 뛴다. 뛰고, 돌아야 생을 유지하기 때문이다. 아침에 해가 나면 오그린 꽃잎이 활짝 피어난다. 왜 그 많은 꽃 중 나팔꽃일까?

꽃 모양이 나팔처럼 생겨서일지! 잘 모르겠다. 나팔꽃은 아침에 피었다가 저녁에 진다. 그리고 또 새로운 아침을 맞이한다. 우리 인생도 어쩌면 이처럼 어설픈 일상이 되풀이된다.

아침에 피었다가 저녁에 시들고 마는 속절 없는 사랑의 인생이지만, 늘 피고 새로움이 피어나는 일상의 빛에서 희망을 노래하고 꿈을 이루려는 가여운 여인의 목소리, 나팔꽃의 애환을 음미해 봐야 한다.

나팔꽃도 7~8월 만물이 무성한 아침에 핀다. 보라색, 연두색, 백색 영롱한 이슬 머금고 아침에 기상나팔 소리 내듯 피는 나팔꽃. 다음 해도 어김없이 그곳에 그 자리에 미소를 보이면서 까꿍 하며 피어나겠지! 그늘진 울타리를 오르고 길모퉁이 우거진 잡초 밭 틈새에서도 빛을 받아 잘 자란다. 곱고 나팔같이 생긴 꽃이여, 향기는 조금이지만 가여운 여인 같다. 그러나 장엄하고 웅장한 나팔꽃 인생이면 우리는 좋겠다.

가늘고 부드러운 가운데 아침이면 기상나팔을 부는 꽃이여! 연약하고 부드러움 가운데 강함이 있다는 사실을 알려주는 꽃, 나팔꽃. 인생에서 우리가 느껴야 할 그 무엇의 뜻이 있을 법하다.

내 나이가 어때서

야, 야, 야⋯ 내 나이가 어때서 사랑하기 딱 좋은 나인데, 사람에게 나이가 있나요? 내 나이쯤 되어야 제대로 알 수 있지 않을까요?

사랑받을 때는 입학하기 이전 나이 때인 것 같았습니다. 그 나이 때는 부모 형제 자매들의 보살핌이 절대적으로 중요한 시기입니다. 현재 시대는 그래도 먹고 살만 하니까 모든 어른들의 관심이 유치원 전 꼬맹이들에게 가장 많은 시기입니다. 생각해 봅시다. 폭풍 한설 길을 가던 아이를 업은 모자가 길거리에서 쓰러져 죽을 경우도 어머니는 자기의 품 안에 안고 아이를 구하고 돌아가셨고, 아이를 살게 했다는 이야기와 불 속에서도 아이를 구하고 자신이 불에 타 죽었다는 이야기처럼, 자신은 먹지 않아도 자식 아이를 구하기 위해 젖을 물려주는 헌신적 사랑은 우리의 생을 감동스럽게 전했습니다. 오로지 자기의 자녀를 위해서 부모는 죽음도 두려움 없이 우리를 위해 사셨습니다.

부모님의 나이와 은혜는 그래서 하늘 높고 땅처럼 넓습니다. 그래서 우리는 사람으로서 부모를 우러러 모셔야 할 것입니다. 부모가 되면 덕이고 업이고 잠자리를 편하게 해 주면서 공부시킵니다. 자기의 먹는 것도 아까워 제대로 먹지 않으며, 아끼고 남겨두었다가 자녀들에게 나누어 줍니다. 심지어 밤낮으로 자녀들이 잘 되기만을 소망하고 정성으로 키웁니다. 이러한 것은 부모의 헌신과 봉사의 함축으로 사람의 구실을 하게 됩니다. 이러한 인간성은 교육의 틀로는 해법이 될 수 없습니다. 오직 행동하는 양심의 진정한 사랑의 발로인 것입니다. 인간답게 살라는 근원의 훈계며 완전한 인격체를 심는 나이 때인 것입니다.

현대 젊은이들은 독신자가 많아지고 있습니다. 그 이유는 다양하지만 가장 큰 이유는 경제적 이유입니다. 과거처럼 제복에 타고난 환경조건에 알맞지도 않고 직업을 구하기도 어렵기 때문입니다. 거기다 직장 문제가 과거와는 완전히 달라졌습니다. 그래서 현 젊은이들은 결혼 적령기 나이지만 연애, 사랑, 결혼을 포기하는 '3포 세대'가 늘어나는 이유입니다. 그래서 나라의 존립이 위협받고 있습니다. 농촌, 산촌, 어촌에 살고 있는 청년들은 문제가 더욱 심각해 학교가 없어지며 동네에서 아이들 소리가 사라지고 있습니다. 대부분 평범한 가정은 삼십대에 결혼해서 화목한 가정을 꾸렸지만, 요즘 세대는 그런 실정도 아닙니다. 이렇게 가다간 나라가 사라질 수도 있지 않을까? 걱정과 불안이 듭니다.

대안은 많이 가진 이들이 재산을 소유만 하지 말고 내놓아야 할 것입니다. 후대를 위하여 국가의 존립을 위하여 내놓아야 합니다. 특별히 바라는 점은 부자들이 정당하게 얻은 이익을 사회에 젊은이들이 희망차게 움직일 수 있도록 살아갈 수 있게 지갑을 열어야 할 것입니다. 100세 시대라고들 합니다. 과거에는 60세 정도 살면 잘 살았으니 아들, 며느리, 손자, 손녀들이 회갑잔치를 열어서 축하를 했습니다. 그러나 요즘은 사정이 달라졌습니다. 80세 이상을 살아야 평범하다고들 합니다. 회갑잔치 대신 해외여행을 하는 시대로 변해가고 있습니다. 그것도 가족이 벌고 모아야 가능한 일입니다.

우리 70세 이상 세대는 평범한 정도면 후대의 미래를 위하여 벌고 내놓고 가능하면 나눠주자. 그래서 가벼운 마음으로 우리 세대가 경험했던 고난, 슬픔, 아픔을 후손에게는 물려주지 않는 나이로 살았으면 하는 바람입니다. 그동안 뜻은 있었지만 실행하지 못한 일이 있었다면 노년의 한 때 나이에도 균형 잡힌 건강과 정신세계를 창출하고 살아보자. 잘 살아야 잘 돌아갈 수 있다고 합니다. 이런 후회도 없게 우리 세대들이여 지금이라도 늦었지만 가지 않고 보람찬 나이 값을 하면서 즐

겁게 행복을 추구하면 어떨까요? 내 나이도 아직 할 수 있는 많은 것
이 있으니… 사랑하기 딱 좋은 나이입니다.

이 글이 독자들에게 깊은 감동과 영감을 주길 바랍니다.

2부
우리에게 쓰는 편지

세 가지 은혜 십진법

일본의 세계적인 부호이자 사업가인 내쇼날 상표의 창업자는 아흔넷의 나이로 운명할 때까지 570개 기업에 종업원 13만 여명을 거느린 총수였습니다. 그는 아버지의 파산으로 초등학교 4학년을 중퇴하고 자전거 점포의 점원으로 일하며 밤이면 어머니가 그리워 눈물을 흘리던 울보였습니다.

그러던 그가 85년이 지난 후, 직원이 회장께 여쭈어 보았습니다. "회장님은 어떻게 하여 이처럼 큰 성공을 하게 되었습니까?" 그 질문에 그는 "가난한 것, 허약한 것, 못 배운 것"이라고 대답했습니다. 대답을 듣고 깜짝 놀란 직원은 세상의 모든 불행을 갖고 태어났는데도 오히려 하늘의 은혜라고 하시니 이해할 수 없었습니다.

이처럼 행복은 어려운 환경 조건을 극복하고 노력하면서 누군가에게 건강, 웃음, 행복을 주면 됩니다. 웃음 가득, 기쁨 가득, 행복 가득한 기억으로 사세요.

이렇게 긍정의 말을 한 회장은 가난한 환경에서 태어났기에 더욱 부지런히 일했고, 게으르면 잘 살 수 없다는 것을 터득했습니다. 그리고 약하게 태어난 덕분에 건강의 소중함을 깨달아 몸을 아끼고, 건강에 힘써 지금 90세가 넘도록 30세 정도의 건강으로 지낼 수 있었습니다. 그의 비법은 겨울철에도 냉수마찰을 하며 사는 것이었습니다. 그리고 늘 웃음을 잃지 않는다고 했습니다.

초등학교 4학년을 중퇴했기에 항상 세상 모든 사람을 나의 스승으로 받아들였으며, 그분들께 배우려고 노력해서 많은 지식과 상식을 터득

했습니다. 이러한 불행한 환경이 나를 이만큼 노력하게 했고, 성장시켰다고 말했습니다. 그래서 재벌 총수와 회장 타이틀, 건강까지 갖게 되었다고 말했습니다.

일상을 어떤 환경 조건에서도 늘 행복, 건강, 행운, 감사, 사랑하며 삽시다. 땀, 눈물, 피를 흘리면서까지 봉헌할 때 하늘은 스스로 돕는 자를 돕는다고 생각합니다. 하늘이 준 불행과 시련도 은혜로 받아들이면 그 또한 하늘의 은혜로운 도움을 받는 것 같습니다.

이 글이 독자들에게 깊은 감동과 영감을 주길 바랍니다.

세 딸을 하버드대학에 보낸 어머니의 교육에 대한 소개 글

심 여사는 김재원과 엄지인의 방송 프로그램에 출연해 4자녀 교육에 대한 본보기를 보여주며, 시청자 입장에서 전직 교육자로서 한 가정의 아버지로 공감하는 면이 너무도 현실에 맞아 이 글을 많은 분들과 공유하면 바람직하겠다는 의미에서 이 글을 소개하려고 합니다.

심 여사는 어릴 때 세 살 전까지 가정교육의 중요성과 예절교육, 질서교육, 정직성 교육의 중요성을 강조했습니다. 강제나 타율이 아닌 자유로운 가정에서 어머니의 가르침과 아버지와의 자연스러운 대화를 통해 자녀들에게 본보기가 되어야 한다는 점에 공감과 공명을 얻었습니다. 우리 속담에 "세 살 버릇 여든 간다"는 말이 있듯이, 정직성, 가정 규율, 부모의 대화와 타협, 조정을 통해 자녀들에게 좋은 본보기가 되어야 한다는 것이었습니다.

그렇게 성장하면 장래에 정직하고 해야 할 일과 하지 말아야 할 일을 자녀들이 선택적으로 자신의 엄정한 가치 기준을 갖게 된다는 것이었습니다. 정말 옳은 방법이라는 느낌을 받았습니다. 두 번째는 자녀들이 부모의 기준이나 욕구, 기대에 맞지 않다고 당황하거나 지나치게 간섭하지 말아야 한다는 점에 공감했습니다.

자녀들의 학업이나 성장을 지켜보면서 책을 읽고 스스로 배우며 익힐 수 있도록 학습 분위기를 조성해 주어야 한다는 점이었습니다. 그분은 어릴 때 집에 오면 놀잇감이 책과 친해질 수 있게 해 주었다고 합니다. 사소한 시행착오는 스스로 반성을 통해 올바른 자녀가 깨우치도록 지도하며, 꾸준하고 엄격하게 중점을 잡아주었다는 점이었습니다.

다시 말해서 사소한 일 하나하나에도 중점을 두고 자녀들에게 길게 넓게 세상을 알아가도록 선도했다고 했습니다. 이 점도 나 역시 매우 감명 깊게 들었습니다. 교육이란 사람 내면에 잠재된 성장 가능성을 최대한 바람직하게 끌어내어 성장시키는 것임을 증명한 것이 아닐까 생각도 들었습니다.

어머니, 아버지가 가정에서 편안하며 중심을 잡고 안정된 가정, 편안한 관계를 이룰 때, 그들이 부모에게 효도하며 인정받고 사랑을 실천할 것입니다. 그 결과 가정은 가화만사성(家和萬事成)을 이루게 됨을 깊이 느꼈습니다.

조금 늦더라도 순서와 규칙을 지키며, 올바른 도덕을 성실하게 실천하면, 한국인으로서 동방예의지국의 전통을 이어갈 때 우리 가정과 이웃, 국가는 더욱 세계가 부러워하는 모범 국가가 될 것임을 확신합니다.

여기서 강조할 점은 한국인이 외국에서 외국어를 익히고 세계인과 소통하며 사는 일도 보람과 자긍심을 심는 일이지만, 한국인의 말과 예절을 계승하려는 노력도 매우 중차대한 일임을 강조한 모성애가 인상적이었습니다. 그런 뜻에서 TV 시청에 더 만족할 수 있었습니다.

5월 달 보며 사색

달 달 무슨 달,
쟁반 같이 둥근 달.
어디 어디 비추나,
내 방 앞에 비추지.
달 달 무슨 달,
반달보다 큰 달.

오늘 내 방 창밖에 떠오르는 달. 유난히도 황금빛 달. 외로워 잠에서
깨어 창밖을 보니 달… 저 달은 골고루 비추건만, 나만 홀로 보는 달이
며 밤 2시 45분 달. 내 모습과 홀로 떠가는 황금빛 달이 애처롭다.

몇 년 전 병원에서 창 밖에 떠 있던 달. 제발 아픈 곳 완치되어 귀가 소
원 빌던 달. 하루빨리 가정으로 귀가해 달라 빌던 달.

달은 달이건만 인간 소망 따라 다른 달. 그때 그 달은 어찌 그리도 슬
픈 달이었을까.

해가 가고 달이 가며, 똑같은 달인데 병원에서 간호할 때 그 달은 처량
하기 그지없다. 달 보고 소원 빌고 또 빌었건만 … 어디에! 있나요? 어
느 새벽 깨어 보는 달.

요즘 보는 달은 늘 11월 그날을 그립게 한다.

달님이시여! 인간들의 모든 소망을 들어 주세요. 달이 뜨고 지지만 다
시 한 번 우리의 소망도 뜨고 희망의 끈을 견고히 하며 단단한 줄을

내려 주소서!

초승달, 반달, 조각달, 하현달, 보름달. 변하듯 언제나 인간의 소원, 소망에 어울리게 황금빛 찬란히 높이 떠 비추소서!

우리 정신과 육신의 아픔과 고통에서 깨어 움직이는 길동무로 비추소서! 환우들의 아픔의 고통에서 자유롭게 해 주소서.

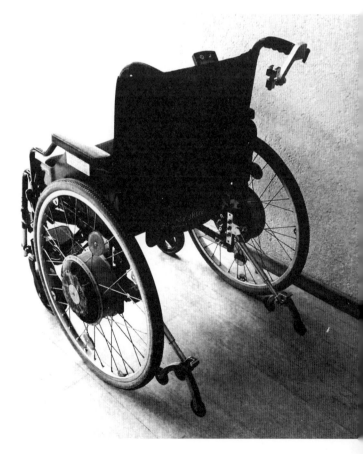

마음을 비우고 가진 것을 나누자

한 집에서 여러 식구가 함께 살던 때가 그립기도 합니다. 자녀들이 성장해 각자 가정을 꾸려 독립 가정으로 분가하여 살아가니, 북적이던 그때가 그립습니다.

오늘도 일찍 자고 일찍 일어났습니다. 평상시 습관화된 내 생활입니다. 5시 10분 기상. 잠에서 깨니 고요한 아침을 오고 가는 차 소리로 바닷가 파도가 밀려오고 가듯 소리가 쉴 새 없이 들립니다.

마음을 비우며 내려놓고 살아야지 다짐해 봅니다. 내 생활은 출퇴근으로 직장과 집을 오가면서 단조로운 생활을 살았습니다. 몇 년 전부터 퇴직하고 이렇게 살려고 했습니다. 마음을 비우니 편안합니다. 마음을 비우고 내려놓기 전에는 잘 느끼지 못했습니다. 비우니 이제야 알 것 같습니다.

마음을 비우니, 비운 만큼 공간이 더 생겼습니다. 마음을 내려놓으니 욕심도, 고민도 무게가 줄어들어 가볍습니다. 마음을 비우고 욕심도 내려놓으니 세상이 이제야 바로 보이기 시작했습니다. 번뇌가 되기 전에는 허울 좋은 가식 덩어리가 가득 차서 세상이 가려 보였습니다. 욕심과 마음을 비우기 전에는 세상 사람들을 불신도 했습니다. 세상 사람들 중 향기롭고 선한 사람들도 참 많은데 말이죠.

다시 다짐해 봅니다. 내가 다른 사람들과 생각, 감정, 느낌에 차이는 있을 수 있습니다. 그래도 세상에는 좋은 사람들도 참 많습니다. 서로가 공생, 공존, 공영의 공통점을 향하여 살아가자. 마음을 비우고 내려놓으니 희망의 빛이 더욱 선명해집니다. '인간의 욕심은 메울 수 없다. 그

러나 바다는 메울 수 있다.'

끝없는 욕망 때문에 공들여 쌓은 덕망도 지위도 허망하게 무너지니, 때를 알고 비울 때를 알며 나눠 줄 수 있으면 좋겠습니다. 이 같은 비움과 나눔은 영원히 빛날 것입니다.

참 스승이 절실한 때

'스승의 은혜는 하늘같아서 우러러 볼수록 높아만 지네, 참 되라, 가르쳐 주신 스승의 은혜는 한이 없어라'

장애아를 둔 어머니가 자애심으로 자식 문제를 극복하기 위하여 문제의식을 연구 주제로 석사과정을 수학하면서 담당 교수에게 지도 조언을 받는 다니 그 자체 연구만으로도 의미가 큰 것인데 몇 번을 다시 써오라 하니 갑질 같다는 느낌이 듭니다. 물론 지도 교수는 교수대로 통과시켜주지 말아야 할 이유가 있을지 모르나, 지도 받는 제자는 열심히 밤낮을 연구하고 이런저런 문헌을 참고도 하고 자기의 논점과 자료를 참고해 교수의 의견도 반영해 정성껏 작성했는데, 실망감이 크고 의욕이 상실되면서 자기상실감을 느끼는 건 좀 과분한 요구를 하는 것 같아도 처지를 한 번쯤 생각해 보면 어떨까? 생각됩니다.

같이 입학해 동기생들은 학위를 취득하는데 유난히 뒤진다는 학생의 처지는 참기 어려운 소외감이 들고 주위 환경 탓을 돌릴 수밖에 없는 것은 아닐지 속 썩이는 일 그만하고 통과시켜 주면 하는 마음입니다. 그래도 어려운 난관이 지나면 보람은 배가 될 테니 머리 아프게 빙빙 돌리지 말고 재치 있게 사제 관계가 믿음으로 해결의 실마리를 풀어 가면 좋겠습니다. 교수도 한때는 학생의 입장이 아니었던가? 논문의 주제와 형식 체제 검증 등 내가 직접 당사자가 아니라 모르겠지만 물고 물리는 듯한 지도 교수와 학생은 돌아가지 말고 기름 길을 통과하게 선처를 했으면 좋겠습니다.

근본적인 논문 통과 해법은 A와 B가 참 스승이 되려고 할 때 그리고 인간관계가 원만하게 이루어질 때 쉽게 풀리게 될 것 같습니다. 상호 존중과 사랑과 정성으로 교수와 학생이 만나고 지도해주고 조언 받을 때 좋은 석사 논문이 펼쳐질 것이고 우리나라의 주요 학술지에도 게 재 응용되리라 믿어 의심치 않습니다.

학생은 왜 남들보다 더 오래 학위 논문이 길어지는지 더 연구하고 대 안을 모색해 봐야 할 것이며 지도하는 쪽도 지도 받는 자도 마음이 통 하려면 어떻게 해야 할 것인지 자주 접촉해 문제 해결의 해안을 강구 하면 될 것입니다. 여러 경우 수를 참고하면서 좀 늦었지만 좋은 소식 을 기다려 보고 지켜볼 따름입니다.

오지랖 넓은 사람

오지랖이란 슬기롭고 지혜로워 넓게 생각하며, 처리하는 것을 의미합니다.

마음, 본심, 희망, 의향을 어느 사리사욕보다는 대국적으로, 넓게 모두에게 호의적으로 접근하려는 뜻을 펼치는 행위입니다. 그래서 흔히 우리에게 말할 때 사소한 일에 몰두하고 여러 의견을 수렴하지 않을 때, 나의 자존심이 높거나 경험이 많은 부모, 선배는 말하길, "오지랖 좀 넓게 쓰라고" 해야 합니다.

오지와 관련된 뜻은 다방면으로 넓고, 슬기, 지혜, 슬기롭다, 지혜롭다, 꾀, 모략이 있습니다. 대범한 사람으로 인류의 평화와 복지를 위해 일하는 지도자상이 바로 이렇게 오지랖 넓은 사람들로 가득한 세상이 되었으면 어떨까요?

나라를 통치하는 지도자든 세계 강대국의 원수든, 모름지기 지도자는 생각과 말과 행동을 사리사욕보다는 만인을 위한 복지와 인류 평화를 위한 번영 속에서 인류 행복과 삶의 질을 높이면서 평화와 번영, 그리고 생명의 존엄을 두어야 합니다. 이는 오지랖 넓은 사람에게서 찾아야 할 것입니다.

특히 우리나라 정치 지도자들에게 부언하려 합니다. 입법, 사법, 행정으로 삼권 분립 국가에서 개인 당의 신격화, 편당 정치, 파벌 싸움, 지역 이기주의 정치인들과 생각이나 뜻이 다르다고 무시하거나 대하는 능력이 아닌 패권주의는 진정한 민심을 생각하는 지도자는 아닐 것입니다. 사람들 생각의 차이, 다름의 차이를 통찰하면서 다양한 견해차가 있다 해도 차이나 다름을 인정하고 화합하는 도량을 넓힐 때 만인에게 이해와 공감을 얻게 되는 오지랖 넓은 사회로 탈바꿈하게 될 것입니다.

허울 좋은 감언이설이 아닌 국가 사회, 세계인과 상통하는 오지랖 넓은 우리들이 됩시다.

성공은 노력 하는 자의 것

스포츠가 세계화되고 다양화되고 있습니다. 과거에는 피겨스케이팅, 수영, 체조는 주로 서양인이 독주하였고, 실제로 프랑스, 소련, 영국, 미국 같은 나라 선수들이 대부분 금, 은, 동 메달을 획득해 갔지만, 이제는 달라지고 있습니다.

동양인 아시아계 사람들도 피겨나 스케이트에서 한국, 중국, 일본이 그 신체적 경제적 열세에도 불구하고 우리나라 선수인 김연아 같은 선수가 소치에서 금, 은, 동을 따낸 선수들이 세계를 강국으로 부상하게 합니다. 이런 사실은 선수들의 끈질긴 노력과 선수, 지도자들의 과학적이고 체계적인 훈련과 혼연일체의 정신과 노력의 뒷받침이 되기 때문입니다. 이런 현실은 가능성 있는 운동 종목에 나라에서 집중 투자와 사랑과 관심, 열정이 거둔 결정체인 것입니다. 땀, 피, 눈물, 열정, 인내심이 함께한 노력의 산물입니다.

개인의 명성과 함께 국위를 선양하는 세계 속에 우리나라를 빛내는 쾌거의 선수는 금메달 김연아, 은메달 일본의 아사다 마오, 동메달 캐나다의 로세트 선수가 수여한 결과는 우리나라 선수들도 신체적 조건을 극복하고 이제 세계인들과도 경쟁할 수 있다는 자긍심을 보여준 사례가 되었습니다.

최고를 향한 노력과 무한 경쟁이 운동과 정보 통신, 그리고 비행기, 배, 인공위성, 항공 우주산업 분야도 우리나라의 발전은 격상되고 세계가 부러워하는 국가로 거듭날 것입니다.

스포츠, 뮤직, 영화, 문화, 기능 경기 등 매사에 긍정적이고 적극적인 사고와 실행을 통해 개인의 삶의 질 향상, 나아가 국가 사회 세계 인류의 이상과 참된 가치 실현을 우리나라 국민들이 주도하는 나라로 개척해 나가길 기원합니다.

인류 평화, 건강, 행복을 위하여 한 사람 한 사람이 정의와 평화, 복지를 위해 솔선수범하는 사고와 가치관을 실천할 때입니다.

온 인류 우리나라 사람 모두는 한반도를 통일하고 외세의 간섭 없는 통일된 나라를 만들어 가길 소망합니다.

온 국민이 전력투구 온 힘을 다해 투구하고 스트라이크 아웃 시켜 승리하는 운동선수 같이 행복을 향해 뛰고, 움직여 부족한 분야를 보충하고 채워가는 삶이 필연입니다.

인생의 삶은 늘 기쁨, 슬픔, 눈물, 피, 땀이 지식이나 지혜를 준 것 같습니다. 늘 자아실현을 위한 끊임없는 배움과 노력을 통해서 언제 어디서나 생활을 즐기는 노력하는 인생으로 살아가야 하겠습니다.

웃고 살려는 부부가 되려면

웃고 살려는 부부가 되려면 여기서 언급하기가 좀 이상하지만 웃고 살지 못하는 이유는 한두 가지가 아닙니다.

성적인 불만, 스트레스, 혈관 질환, 성격 차이 등 여러 요인이 있습니다. 해결 방법은 규칙적이고 꾸준한 운동을 해야 하며, 건강에 이상 신호가 오기 전에 검진을 받아서 문제가 있다면 즉시 치료를 받는 것이 최상의 방법이지요. 검진에는 혈액검진, 소변검진, 호르몬 검진, 발기 부진 검진, 무기력, 각종 암 검진 등 여러 가지가 있습니다.

부부간에 성생활에서 남자의 발기부진은 빨리 치료를 해야 하며, 치료 방법은 뚫어 주어 발기가 원활하게 해야 합니다. 설문 조사에 의하면 남자든 여자든 큰 문제는 성생활에 불만족인데, 욕구가 충족되지 않은 상태에서 부부가 살아가는 경우입니다.

내 사랑인데 그 놈이 말을 안 들으니 무슨 소용이 있겠어요. 산삼을 먹이든 녹용을 먹이든 운동화를 사주든 병원으로 끌고 가든 다 알아서 해 줄 개인의 사정인데, 아내랑 금슬 좋게 웃으면서 '구구 팔팔' 기 살려면 금슬 좋게 살도록 노력해 봅시다. 우리 세대들 근심, 걱정 훌훌 털어 버리고 부부가 상생하도록 즐겁게 살아야 합니다.

남자의 자존심을 견제 능력이라 가진 돈 함께 같이 쓰고, 낮이나 밤이나 생생하게 움직이면서 기분 좋게 사는 것이 답이 됩니다.

정기 건강검진도 받고 자기 자신에 알맞은 운동을 정해 꾸준히 실행하면 기운이 되살아날 것입니다. 신나고 재미난 생활로 변화시켜 봅시다.

희망을 노래하고, 칭찬을 더해 주며, 부족함을 보완해 자신감을 보충해 주면서 시이소오 타는 노력을 부지런히 해야 합니다.

아름답게 살아온 그 당시로 돌아가 처음처럼 기쁘게 행복하게 삽시다. 새로운 시작은 설렘과 기쁨이 충만한 것이고, 지난 세월은 피부에 주름을 보태지만 열정을 잃으면 영혼에 주름이 생긴다니 명심하면서 살아갑시다. 이렇게 기분 좋게 웃고 삽시다. 하하 호호 해… 웃으려고 박장대소 억지로라도 웃으면서 살아요.

이웃사촌

우리들이 자기 집 가까이 살고 관심을 가지면, 이웃사촌이 됩니다. 우리 조상들은 가까운 이웃을 친척에 비유해서 '이웃사촌'이라고 했습니다.

우리가 어려운 일을 갑자기 당했을 때, 멀리 있는 형제나 친척의 도움을 받기는 힘듭니다. 하지만 가까운 이웃은 달려와 거들어 주고, 도와줍니다. 불시에 당하는 재앙에는 친척들보다 이웃과 가까이 지내는 사람들의 도움이 필요하고, 생명이 위급할 때는 근처에 있는 119 구급대원이 달려와 응급실에 도움을 받았습니다. 그 당시 친절하고 세심하게 병원까지 이송해 준 세 분의 대원에게 잊을 수 없을 만큼 감사를 느꼈습니다. '이웃사촌'이란 형제처럼 사이좋게 가깝게 지낸다는 뜻입니다.

조상들은 이웃을 아끼고 사랑하며 기쁜 일, 슬픈 일이 있으면 달려와서 함께 일하고 음식을 나누어 먹었습니다. 이웃을 사랑하라는 진리를 오래전부터 실행해 왔습니다. 가까운 소방서에서도 위급한 환자를 신속하게 병원에 이송하는 복지 행정도 잘 실행하여 서로 돕고 잘 지내고 주민과 기관이 연결되어 서로를 위해 봉사활동을 잘하며 지냈습니다. 새벽에도 응급 환자를 이송해 준 오포소방서 119 담당자에게 깊은 사의를 표합니다.

기쁜 일이 있을 때는 함께 즐거워하고, 슬픈 일이 있을 때도 함께 슬픔을 나누면서 상부상조하며 지냈습니다. 착한 일은 권하고 악한 일은 엄하게 꾸짖어 권선징악의 미풍양속을 이어 왔습니다. 농사철에는 힘든 일을 서로 도와가며 품앗이해서 오늘은 동식이네 집일을 돕고, 다음은 미영이네 일을 돕는 등, 서로 힘든 일을 협동해서 하루하루를 즐겁게 보낼 수 있었습니다. 이렇게 서로 도와가면서 일하는 모습을 본 서양 사람들은 부러워했다고 하였으며, 우리 조상들의 미풍양속이지 요.

우리가 더욱 건강하고 잘 사는 사회를 만들기 위해 진심으로 마음을 모으고 행동을 하나로 통일해 조상들의 미풍양속을 계승 발전시켜 나가야 할 것입니다. 좋은 풍습은 서로가 상대를 아끼고 존중해주면서 진심으로 대해주고 반응해 주어야 사이가 더욱 돈독해져서 형제같이 잘 지낼 수 있을 것입니다.

어른들의 좋은 점은 본받고 이어 가려는 노력과 함께 슬기를 이어가야 합니다.

오늘날 우리 주변에서 일어나는 사건 사고를 보고 느낄 때 더욱 생각 나는 점들은 조상들의 지혜와 슬기를 잘 이어가지 못하는 것 같아 마음이 편하지 않습니다. 이웃 사랑, 고장 사랑, 나라 사랑, 세계 인류 사랑 정신으로 이어지고, 세계 속의 선진 대한민국이 되어 가면 좋겠습니다.

'이웃을 내 몸 같이 사랑하라' 말씀하신 예수의 사랑 정신인 것 같습니다.

노년은 자기 생각을 완숙하는 때

직장에서 퇴직한 공무원 여러분! 어떻게 지내고 무슨 일 하면서 매일을 보내십니까?

일할 때는 시간 가는 줄도 모르게 분주히 열성적으로 직분에 충실했는데, 막상 60대 후반에 일을 하지 못하고 일손을 놓으니 허전하기도 하고 무료함도 느껴지는군요. 아직은 좀 더 일해야 하는데…

갑자기 노인이 되어버린 것 같고, 노년(老年)은 결코 끝이 아닙니다. 노년이야말로 인생(人生) 제3막을 그동안 못 해본 일을 실행하는 시간입니다. 노년은 '노(老)', 노숙의 노숙(老熟)의 노요, '노련(老鍊)'의 '노'라고 합니다. 저절로 느끼게 되며 가슴 설렘은 폭포수를 타고 오르는 물고기의 약동 같습니다. 왜냐하면 여가 시간이 많고 자유로운 시기가 이때가 아닌가 느껴지니까요.

노숙은 문자 그대로 나이가 들어서 비로소 그의 삶이 익을 대로 익었다는 뜻이라 해서 완숙(完熟)이고 노숙입니다. 나이든 만큼 익고 다 듬어져서 그 솜씨, 재주가 완성의 경지에 이름을 의미합니다.

그림을 그리거나, 글씨를 쓰거나, 또 다른 취미활동을 하든 자신의 직장에 다닐 때 못다 한 꿈을 완벽하게 실행할 수 있는 신나는 기회인 시기입니다.

틀에 박힌 직장이 아닌 여가, 취미활동을 자유롭게 마음먹은 대로 주어진 시간을 멋지게 펼치는 기간이 될 것입니다. 온종일 자신이 평소에 하고 싶었던 일, 좋아했던 일을 하면서 풍족한 시간을 누릴 수 있습니다.

그래서 노년은 무료와 일 없이 방황하는 노년이 아니라 즐기고, 생기 넘친 여유만만한 내일을 기약하고 활기차게 움직이며 살아가는 젊은 시절 못해본 일을 실행에 옮기는 제2의 인생길입니다. 인생에 살아 있는 동안엔 쉼표가 없어야 해요.

강물이 흐르듯 천유불식(川流不息) 쉬지 않고 꾸준하게 흐르듯… 노년도 강물 흐름 같아야 합니다. 넓고 푸른 바다를 향하여 여유롭게 막히면 찰 때까지 기다리고 장애물 만나면 돌아가는 멀고 긴 바다를 향한 흐름이 계속되어야 합니다.

이런 노년의 꿈이 아닌 멀쩡한 노년의 현장이고, 현실 지향점입니다. 여유로움 속에서 건강을 더하고 취미를 찾아 스스로의 기쁨을 찾아가는 완숙의 기회를 살려 살 기회입니다.

제3의 인생 3막을 더욱 보람차게 가치를 살리면서 못 다한 꿈을 실천하고 기쁨도 성취하는 완숙을 위한 전진을 계속해 나가야 합니다.

멈추면 보이는 것

더 멀리 도약하려면 멈춤과 휴식이 필요합니다.

1960년대 호주에 데렉 클레이턴이라는 마라톤 선수가 있었습니다. 그는 일주일에 250km를 달리며 맹연습을 했지만, 아무리 달려도 세계 신기록과 5분 이상 벌어진 격차를 좁힐 수 없었습니다. 그런데 1967년 후쿠오카 마라톤 대회를 앞두고 부상까지 입고 말았습니다.

어쩔 수 없이 한 달 동안 휴식을 해야 했지요. 그런데 휴식을 취한 뒤 그의 경기력이 놀랍게 향상되었습니다. 종전 기록을 무려 8분 이상 단축시켜 사상 최초로 2시간 10분의 벽을 깨고 우승한 것이지요.

부상을 입기 전까지 클레이턴은 노력하면 할수록 더 잘할 수 있다는 생각에 쉬지 않고 달렸습니다. 그러다 부상을 입은 후 생각이 바뀌었습니다. 적절한 휴식과 멈춤이 무리하고 과도한 연습보다 기록 경신에 더 유익하다는 사실을 깨달았지요.

그냥 하는 일을 쉰다거나, 휴식 또는 잠시 멈추면 쉬는 것일까요? 그렇다고 아무 일도 안 하고 쉬는 건가요? 아닙니다. 자신의 장단점을 돌아보고 궁리하는 시간이며, 더 기록을 단축시키려는 도약을 위한 준비 기간으로 사용한 것입니다.

휴식은 잠시 동안 내 마음의 고향을 찾아서 거울에 모습을 비춰보는 순례의 길입니다. 그 거울 안에서 "내 안에 참 모습을 찾게 되는 또 다른 나"를 찾기 때문입니다.

여가를 뜻하는 그리스어 스콜레(Scole)가 오늘날 학습을 의미하는 학교(School)나 학자(Scholan)의 어원이라는 사실이 재미있지 않습니까?

열심히 배우거나 달릴 때는 달려야 하지만, 뛰던 중 아픔이나 부상이 발생하면 쉬어야 한다는 교훈이 됩니다. 우리 한국 속담에 자주 찧는 방아도 쉬어야 한다는 말처럼 속도 조절이 필요함을 일깨워 주고 있습니다.

쉰다는 건 교양을 쌓고 자기 수양을 한다는 것과 같습니다. 한자 모양도 휴(休)는 사람(人)이 나무(木)에 기대어 앉아 있는 모양입니다. 식(息)은 자신 스스로(自)의 마음(心)을 돌아본다는 뜻이라고 합니다. 곧 나무에 기대어 자신의 마음을 돌아보며 내면의 또 다른 나와 대화하는 것이라고 할 수 있지요. 요즘 나온 휴테크는 휴가(休)와 테크닉(Technic)의 합성어입니다. 우리 세대 주어진 일은 남은 시간을 단순하게 휴식을 취하는 소비 시간으로만 생각하지 말고 자기계발은 물론 인생을 아름답게 살 수 있는 방법을 모색하는 기회로 삼아보면 어떨까요? 이제라도 노년을 잘 먹고, 잘 입고, 즐기는 기술이 필요할 때입니다.

휴테크를 위해서는 무엇보다 현재의 삶을 즐기려는 생각과 행동이 중요합니다. 누군가의 행복을 위하여 봉사의 정신으로 산다면 행복도 진리에 부합되는 것입니다.

진심으로 행복하려면 가족이 그리고 자신이 먼저 행복해야 함을 알아야 합니다. 더 중요한 사실은 노년의 자기 건강이며, 가족이 함께 건강한 생활이 되어야 합니다. 지금 내 곁에 있는 사람들, 아내, 자녀, 친구도 동창들도 다 좋습니다. 지금부터 우리들은 좀 더 뻔뻔하게, 당당하게, 의젓하게 한 번이고 하나뿐인 노년의 인생을 자기답게 삽시다.

나를 사랑하는 자신이 되어라. 자애타애(自愛他愛) 그러면 타인도 자신을 좋아하게 된다고 합니다.

될 수 있다면 평소에 잘 먹고, 잘 자고, 잘 즐겨라. 그러면 건강해진다고 합니다.

인생의 노년의 계획도 세워라. 우리가 70대 후반이기에 노후대책과 동시에 사후대책도 세워야 합니다.

슬플 때, 근심 걱정 들 때, 분노가 치밀 때는 무작정 길을 걸어라. 걸어다니다 보면 근심, 걱정, 분노, 화가 사라진다고 합니다. 인생 행로에 어찌 꽃길만 있겠느냐? 돌아와서 멈춘 곳에 막대기를 꽂아 두라. 그리고 내 마음에 평온함이 느껴지면 성공한 길 걸었다고 생각하면서 지냅시다.

이별에 대하여

우리는 살면서 많은 사람과 이별합니다. 때론 소중한 사람과 이별하며, 인정, 존경, 사랑받아야 할 때 상처를 받기도 합니다. 사랑받지 못한 채 지나쳐 버린 어린 시절과 이별하고, 자신이 사랑했던 사람과도 이별하며, 절망과도 이별합니다. 자신이 믿었던 한때의 진실과도 이별합니다.

이별은 괴롭고 슬프며, 알 수 없는 마음의 상처로 남습니다. 이 고된 이별에는 길든 짧든 애도가 필요합니다. 애도란 마음의 저항 없이 충분히 슬퍼하는 일입니다.

이별의 순간은 우리에게 많은 것을 가르쳐 줍니다. 우리는 이별을 통해 성장하고, 더 강해지며, 새로운 시작을 맞이할 준비를 합니다. 이별은 끝이 아니라 새로운 시작의 출발점입니다. 이별의 아픔을 충분히 느끼고, 그 감정을 받아들이는 것이 중요합니다. 슬픔을 억누르지 말고, 충분히 슬퍼하고, 그 슬픔을 통해 치유의 과정을 거쳐야 합니다.

충분히 슬퍼할 것. 슬픔을 통해 우리는 더 깊은 이해와 공감을 배우고, 더 나은 사람이 될 수 있습니다. 이별의 아픔을 통해 우리는 더 큰 사랑과 행복을 찾을 수 있습니다. 이별은 우리를 더 강하게 만들고, 더 큰 사랑을 할 수 있게 해줍니다.

이 글이 독자들에게 깊은 공감과 위로를 주길 바랍니다.

반면교사와 타산지석

사람은 불완전한 존재라 완전해지려고 평생을 익히고 배우고 학습해야 합니다. 길을 갈 때도 선행자가 가던 길을 따라가고 잘못된 길이라면 원점으로 되돌아와서 길을 가면서 자기가 도착할 목적지에 도달할 수 있습니다. 과거에는 길을 찾아 목적지에 이르기가 힘들었지만, 요즘은 과학이 발전하여 안내지도와 내비게이션이 있어 허둥거리지 않고 정확하게 복잡하고 먼 곳의 목적지를 쉽게 찾아갈 수 있습니다. 선행자가 이 길인가 저 길인가 혼미한 길, 요즘은 시행착오란 있을 수 없고 잘못된 길도 가지 않습니다. 길 가다 넘어지며 울고 넘던 아득한 길, 이정표 없는 길, 고달픈 인생길을 다시는 걸어가지 않기 위해 돌부리에 넘어진 길을 걸어가지 말아야 합니다.

타산지석은 남의 산에서 나오는 쓸모없어 보이는 돌을 자신의 산에서 나오는 옥돌을 가는 데 사용하는, 그래서 옥으로 만들어 쓰는 지혜를 우리는 알아야 하겠습니다. 반면교사는 누군가의 잘못을 보고 자신은 단점이나 허물을 고치면서 살아가는 거울 속에 내 모습을 비춰보며 사는 인생은 진정 아름다운 참된 인생입니다.

악담을 듣고 자란 아이는 소심하고 문제아가 되며, 긍정의 말을 듣고 자란 아이는 언제나 자신감 있고 밝게 자란다니, 잘한 일에는 칭찬과 격려를 통해 이 나라의 주인공으로 자라도록 교육하고 길러야 합니다.

"너는 할 수 있어," "당신은 최고야" 하면 그대로 이루어집니다. 화분에서 자란 화초도 사랑한다고 말하고 정성스럽게 물과 비료를 주면 시들어가던 화초가 생기를 찾아 아름다운 꽃을 피우고 향기를 뿜어낸다고 합니다. 이렇게 사람이나 화초도 언제나 긍정의 사고와 에너지

는 활력소가 된다니, 반면 거울 삼고, 타산지석의 교훈을 이용해 우리
들도 살아가면서 좋겠습니다.

어떤 이는 책을 사볼 형편이 못 돼서 누군가 쓰레기로 버린 책을 주워
다 때마침 필요한 이가 그 책을 읽고 공부하여 사법고시에 합격의 영
광을 얻었다고 전하니, 우리가 쓰는 물건은 내게는 이미 쓰였고 필요
가 없지만 또 다른 이에게는 이같이 금자탑을 쌓는 보배가 됨을 알고
서로 나누어 쓰고, 바꿔 쓰고, 아껴 쓰는 길이 바로 반면교사요, 타산
지석의 교훈임을 알아야 할 것입니다.

왜 인간 교육이 필요한가?

사람답게 살기 위해서 교육은 필요합니다. 여러 가지 이유가 있겠지만, 사람다운 사람이란 어떤 사람일까요? 인간다운 사람, 교육의 지향점은 진(眞), 선(善), 미(美)입니다.

그럼 참된 인간성이란 과연 무엇일까요? 영어의 Humanity라는 의미처럼 인도(人道), 인정(人情), 박애(博愛), 자비(慈悲) 등으로 풀이되어 왔으나, 오늘날은 인간만이 가질 수 있는 특성, 특권, 특질 또는 인간됨됨이를 뜻합니다.

인간을 만물의 영장이라고 합니다. 왜 만물의 영장일까요? 여러 동물에 비해 여러 가지 특성과 특권, 특질이 있기 때문입니다. 사람에게는 인격과 교양이 있고, 정사선악(正邪善惡)을 판단할 수 있는 가치 기준이 있기 때문입니다. 사람은 이성과 지혜가 있어 이상을 추구하고 현실에 적응할 수 있는 능력과 기술을 가지고 있기 때문입니다.

다른 측면은 문자를 만들어 사용하며, 사람이 필요한 도구를 제작 활용해 적으로부터 자신과 타인을 보호하고 지키며, 생명을 유지 발전 계승시켜가는 인간만의 특질이 있기 때문입니다. 인간 중심이 될 수 있어 만물의 영장이 되는 것입니다. 그래서 더 나은 미래를 위한 문자 교육을 수행하고, 기술 교육을 끊임없이 연마하여 인간만이 할 수 있는 교육으로 살아갈 수 있기 때문입니다.

조물주가 만든 가장 위대한 작품인 인간은 이성과 지혜가 있고, 가치관이 있기에 현실 적응이 무난하고 능력과 기술을 가지고 잘 살 수 있는 것입니다. 그런데 현실 교육은 어떻게 되어 가고 있습니까? 물질 만능, 지나친 이기심 팽배로 일부 인간의 가치와 존엄성이 상실되어 가고 있습니다. 지나친 전문주의, 직업주의, 서열 입시주의, 성적 경쟁주의로 인간의 본성도 잃어가고 있으니 하루빨리 인간 본성 교육 중심으로 되돌려 놓아야 합니다. 대안은 학교교육이나 사회교육에서 윤리 도덕 교육을 교양교육으로 더욱 강화해야 합니다. 현대 과학이 발달하고 기계화가 급속도로 진행되지만, 물질문명이 발달해 편리해졌지만, 인간의 감정과 감성에는 미치지 못하기 때문입니다. 인간의 가치와 존엄성이 결코 기계화가 해결할 수 있느냐는 의문의 여지로 제기되기 때문입니다. 인간성의 상실은 결코 바람직하지 않습니다. 따라서 현대 세상을 바라보는 수많은 사람들은 인간성 상실감과 위기를 느끼며 살수밖에 없습니다. 이를 극복하기 위해서는 학교교육이나 사회 교육 기관에서 함께 고민하고 노력하며 인간 중심 교육을 강화해야 합니다.

또한 종교 교육과 자연 치유 교육을 할 수 있도록 기회와 장소를 제공하면서 1등 교육이나 줄 세우기 교육이 아닌, 진실로 모든 사람이 자기가 원하고 하고 싶은 교육을 해야 할 것입니다. 타고난 저마다의 소질과 개성 특기 교육을 하면서 윤리 도덕 교육과 종교 교육이 병행하는 교육이 이루어질 때 참 교육은 성공할 수 있을 것입니다. 인간 중심 본질을 살리는 교육을 통해서 사람다운 사람을 육성해야 할 것입니다.

이를 위해서는 수 세기 동안 알려진 성인(聖人) 석가모니, 예수, 공자의 교육이 우리 인간의 마음속에 믿음으로 자리 잡아야 될 것 같습니다. 사랑을, 자비를 그리고 효(孝) 실행하는 교육이 병행된다면 참된 교육이 될 것 같습니다. 기계인 컴퓨터도 하드 부분과 소프트 부분이 있습니다. 교육도 이처럼 인도, 인정, 박애, 자비심이 작용되고 인간성이 살아서 숨 쉬고 법과 원칙이 강화되어 강약이 조화로운 세상이 될 때 교육의 성공은 이룩될 수 있을 것입니다.

부드러움이 딱딱함보다

사람들이 나무가 살아 있는가를 알아보는 방법 중 한 가지는 색이 변한 가지를 꺾어보는 것입니다. 가지나 줄기가 부러지면 죽었다고 합니다.

살아 있는 나무는 바람이 불면 움직이고, 이리저리 흔들리나 부러지지 않고 춤을 추듯 살아 있어 바람이 그치면 원래의 모습으로 돌아갑니다. 그런데 죽은 나무와 줄기는 바람이 불고 눈보라가 몰아치면 움직이지 못해 부러지거나 넘어집니다. 사람도 비슷하지요. 너무 완강하고 서로 타협할 줄 모르고 딱딱하면 제풀에 넘어지거나 부러지기 때문입니다. 세상의 온갖 풍파에 넘어질 듯 하다가도 원 위치로 돌아서서 평상시처럼 살아가는 거목(巨木)처럼 강온 양면을 이용하고 때론 부드럽게 지내야 합니다.

딱딱함이 부드러움을 이기지 못한 것은 곧 살아 있기 때문입니다. 사람이나 나무도 세월의 흐름에는 고목이 되고 노인이 되는 건 어쩔 수 없는 일이지만, 고목은 겉은 딱딱하게 굳어 있지만 속은 부드럽고 말랑말랑하기에 나무의 껍질이 나무의 속을 보호하기 때문이지요. 사람도 노인이 되면 피부는 탄력이 줄고 잔주름이 늘지만, 경험이 많이 쌓여 지식으로 해결할 수 없는 지혜로움으로 위기와 어려움을 풀어 나아갑니다. 그러므로 젊은이들은 노인들의 경험과 지혜를 수용하여 더 부드러운 태도로 어른들의 지혜와 경륜을 높게 사야 합니다.

컴퓨터 구성을 보면 소프트 부분도 있고 하드 부분도 있습니다. 두 부분이 결합되어 컴퓨터의 기능이 작동합니다. 만약 하드와 소프트 결합이 없다면 어떨까요? 제구실을 할 수가 없게 됩니다. 컴퓨터가 못 하는 기능이 인간에게는 있습니다. 감정인데, 인간의 생각이나 감정은 컴퓨터는 절대로 할 수가 없습니다. 이 점이 기계와 인간의 큰 차이점입니다.

죽은 것들은 쇠나 돌, 죽은 나무 같이 감정이 없다는 것이고, 이런 재료의 특성을 활용해서 건축자재로 쓰고 있지요. 단단하고 굳세고 움직이지 않기 때문에. 그러나 살아 있는 꽃과 나무, 젊음이 넘치는 인간은 부드럽고 융통성이 있고 시대의 변화에 민감하게 변화를 따라 살아가고 있습니다.

인간들도 환자를 보면 얼굴색이 변하고 손발 허리가 휘고 딱딱하게 마르고 굳어지며 안색이나 피부색도 변해 늙고 병들어 죽어 갑니다. 즉 자연적 발생적인 현상이나 몸 관리를 소홀히 하면 더 빠르게 변화됩니다. 노인이 되어 가는 현상은 누구도 거역하거나 부인할 수 없는 사실입니다. 젊음은 부드러움이고 희망이지만, 나이가 들고 늙음은 딱딱함으로 비우고 내려놓으려는 사고와 자세가 요구되는 시대입니다.

사람들이 세상을 아름답게 건전하게 잘 살아가려면 지위가 높든 낮든, 돈이 많든 없든, 잘났든 못났든, 신축성이나 탄력성 그리고 부드러워야 합니다. 생각이 정직하고, 말씨가 곱고 상냥하며, 행동이 확실하고 앉을 곳 일어설 곳에 부합되게 융통성 있어야 존경과 신뢰를 받을 수 있는 인물이고 이러한 기준이 확실한 인간이 모든 사람들의 지도자가 되어야 모든 사람들이 편안하고 잘 지낼 수 있게 됩니다.

이해심이 넓고, 타인의 고난과 역경을 수용하고, 포용하며 긍정하면서 격려하는 크고 넓은 도량을 가진 사람이 지도자가 되어야 할 이유가 여기에 있습니다. 모든 사람들의 중지를 모으고 반영하는 부드러움 있고 융통성과 아량을 지닌 사람만이 모든 국민을 위한 마음 편안한 생활을 유지할 수 있어 바람직하게 살 수 있게 해 줄 수 있기 때문입니다.

노래에도 고저 장단 강약이 있고 운동에도 강약이 있지만, 어느 경우든 부드러움이란 곧 살아 있음을 증명하는 증거가 되고 희망 때문이지요. 이 세상 물을 보고 생각해 봅시다. 뜨겁게 달구어진 쇠도 물이 굳히지 않는가? 인간의 몸 구성의 75퍼센트가 물로 되어 있다고 하니까 물처럼 부드럽게 막히면 돌아가고 차면 흐르는 질서를 지키고, 순환을 거스르지 말아야 혼란이 사라지는 행복한 평화로운 나라가 될 것입니다.

독선과 아집은 시대에 뒤진 사고나 방식은 버려야 할 시대적 과제가 된 것 같습니다. 달콤한 말이나 공허한 죽은 딱딱한 그런 인물이 아닌 온화하고 인정이 있는 다수를 위한 진실한 지도자로 우선 국내문제를 함께 해결하고 나아가 외세에 대처하는 성숙한 국민의 길을 가야 합니다. 흑백논리, 이념정쟁에서 벗어나야 살기 좋은 아름답고 부드러우며, 강한 나라가 되어 평화로운 세상이 될 것입니다

사랑의 마음

거울은 앞에 두어야 하고, 등받이는 등 뒤에 있어야 한다. 잘못은 앞에서 말해야 하고, 칭찬은 뒤에서 말해야 한다. 주먹을 앞세우면 친구가 사라지고, 미소를 앞세우면 원수가 사라진다. 서두르지 말고 느긋하게 기다려 주는 여유를 가져야 한다.

상대방의 미움을 앞세우면, 상대방의 장점이 사라지고, 상대를 앞세우면 상대방의 단점이 사라진다. 애인을 만드는 것과 친구를 만드는 것은 물을 얼음으로 만드는 것과 같다. 그것은 만들기도 힘들지만, 녹이는 것도 더 어렵다.

내가 읽던 책이 없어져도 그 책의 내용은 머리에 남듯, 내가 알던 사람이 떠나도 그 사람의 말과 행동 자취는 머리에 남는다. 우산을 잃은 사람보다 더 측은한 사람은 지갑을 잃은 사람이다. 지갑을 잃은 사람보다 더 측은한 사람은 사랑을 잃은 사람이다. 더 측은한 사람은 신뢰를 잃은 사람이다. 가진 자끼리 하는 포옹은 따뜻하지 않고, 못 가진 자끼리 하는 포옹은 더 따뜻하다.

꽃씨와 임금을 읽고

 어느 날 임금이 백성들의 정직성을 시험에 보려고 백성들에게 꽃씨를 나누어 주고 가을에 꽃을 가져 오게 하였다. 꽃씨를 심은 대부분은 싹이 트지 않고 자라지 않았다. 대부분의 사람들은 화원에서 꽃모종을 사다 심어 바뀐 꽃씨로 화원을 가꾸었고 한 정직한 농부는 그냥 원래의 꽃씨를 심은 대로 놓고 지켜보고 있었다. 그러던 어느 날 임금은 궁금해서 꽃 심고 가꾸는 곳을 가 보았고 한 농가만 꽃이 자라지 않은 것을 보았다. 임금은 그 농부의 정직함을 보고, 모든 꽃 가꾸는 사람들을 불러 모아서 '특별하게 꽃 선물을 받지 않은 사람'에게 큰 상장과 상품을 내리고 정직성을 깨우쳐 주었다고 한다.
 임금은 결국 '사실을 사실대로, 현상을 있는 그대로, 진솔하게 살아갈 때 이 세상은 더욱 아름답고 살기 좋은 세상'이 되리라는 신념을 깨우친 것이다.
요즘 세상에서 출세를 위해 사실을 왜곡하고 온갖 수단과 방법을 통해 미화 하고, 자기들만 잘 되면 그만이지 하고 진실을 위장하고 살아가는 이들에게 "꽃씨와 임금"의 이야기는 '결코 진실이 거짓을 이길 수 없다'라는 교훈을 얻을 수 있으며, 씨앗과 자연은 거짓이 있을 수 없으며 언제나 '콩 심으면 콩이 나오고 꽃 심으면 꽃이 피는' 자연의 섭리(攝理)를 거스르지 않는 다는 교훈을 일러 준다.

세상사람 중 일부분은 거짓된 위선과 한탕주의에 내일의 희망이나 삶의 연속성은 뒷전이며 지금 좋으면 된다는 식의 사고로 살아가기 때문에 진실이 자꾸만 멀어져 가는 것 같아 미래가 불확실 한 세상이 되가는 듯하다. 이런 현실 세상이라 할지라도 이성적인 세상, 진실한 세상만이 아름다운 꽃피는 세상과 나라임을 우리는 잊지 말아야 할 것이다.

재미있는 유머

철학과 교수 : "이 싸움의 본질은 무엇인가?"

심리학과 교수 : "이건 분명히 어린 시절의 트라우마 때문이야."

경제학과 교수 : "싸움의 기회비용을 생각해봐."

문학과 교수 : "이 싸움은 마치 셰익스피어의 비극 같군."

사회학과 교수 : "이건 사회 구조의 문제야."

역사학과 교수 : "역사적으로 이런 싸움은 어떻게 해결됐지?"

음악과 교수 : "싸움의 리듬이 흥미롭군."

미술학과 교수 : "이 싸움은 마치 추상화 같아."

체육학과 교수 : "좋아, 이제 링 위에서 싸워봐!"

언어학과 교수 : "싸움의 언어적 표현이 흥미롭네."

컴퓨터공학과 교수 : "이 싸움을 알고리즘으로 해결할 수 있을까?"

천문학과 교수 : "이 싸움은 우주의 질서와 어떻게 연결될까?"

화학과 교수 : "싸움의 화학적 반응을 분석해보자."

생물학과 교수 : "이 싸움은 생존 본능의 발현이야."

사람 사는 것이

사람이 살아간다는 것은 의식주만이 전부가 아닙니다. 배우자, 직업, 가치관을 잘 선택해야 합니다. 자신의 취미, 소질, 특기를 알고 좋아하는 일을 택해 마음껏 즐기며 보람을 느끼면서 살아가면 평탄한 삶이 될 것입니다. 직업에는 귀천이 없다고 하지만, 사람은 누구나 더럽고 힘들고 복잡한 일을 꺼리며, 의자에 앉아 땀 흘리지 않고 편하게 일하기를 원합니다. 그래서 우리나라 젊은이들은 3D 업종의 일자리를 기피하고, 다른 나라 사람들이 그 자리를 맡아 일하고 있어 취업난이 더욱 심각해지고 있습니다. 우리 국민이 과거에 사우디아라비아, 독일에 나가 죽기 살기로 일해 벌어온 돈의 가치를 오늘날 젊은이들은 잊고 사는 것 같습니다. 언제나 가난했고 배가 고팠던 그 시절의 선조와 선배들의 아픈 추억을 거울삼아 살아야 한다는 사실을 잊지 말아야 합니다. 국민 소득 3만 불 시대라 해도 우리나라는 부존자원이 부족하고, 자원이 다른 나라에 비해 월등히 부족합니다. 이런 국가에서 어려움 없이 잘 살아가려면 머리를 써야 하고 근면 성실해야 합니다.

자기 소질을 우선시하여 개발하고, 미친 듯이 전심전력 성실하게 살아야 합니다.

결혼한 부부는 자녀들이 경제적 독립을 시켜 출가시키며, 자녀가 태어나면 부모의 책임과 의무를 다하도록 지원하고 도와야 합니다. 초등학교 6년, 중학교 3년, 고등학교 3년, 대학교 4년, 대학원 2년 총 18년을 공부하지만, 그 공부만으로는 세상을 제대로 살기 쉽지 않고 세상 물정을 스스로 터득하면서 살아가야 합니다. 요즘 세대를 번개 세대라 부릅니다. 왜냐하면 번개처럼 주변 환경이 급변하고 어제 보이지 않던 새로운 물건과 환경이나 과학이 급속도로 발전하기 때문입니다. 이렇게 급변하는 세상에 살아남으려면 끝없이 신학문과 신지식기술을 배우고 수련해 알아서 사용해야 합니다. 성실하고, 알뜰하게 모으고 저축해 55세 경에 20년 뒤를 즉 노후 대책을 끝내야 살아가는데 문제가 없기 때문입니다.

어떤 사람이든 젊어서는 내일을 위한 고생을 사서도 하는 법. 자녀들을 결혼시켜 떠나보내면 두 부부만 남게 되는데, 그때부터는 자식들에게 손 안 벌리고 자력으로 악기도 배우고, 춤도 배우고, 소일거리를 계속 찾아 하면서 알콩달콩 신나게 아름답게 사는 것이 최선의 길이 됩니다. 건강을 위해서는 필수적으로 러닝머신이나 만보 정도 꾸준한 운동을 규칙적으로 하면서 쇠약해지는 근육을 극복해 내야 합니다.

즐겁게 살려거든 동호회 가입, 조기 축구, 탁구, 등산, 배드민턴, 자전거, 이외 부부가 함께하는 모임에 참가해 취미활동 및 봉사 활동을 하여 인생 노후를 신명나게 즐기면서 살아가야 합니다. 끝으로 사람 사귀는 일, 너무도 소중한 일이며 인간관계 속에 동창, 직장, 형제자매와 잘 어울리고 사귀면서 영원한 동반자로 함께 잘 살아야 외롭지 않게 잘 지낼 수 있습니다. 친구를 더욱 잘 사귀자. 나이 들어 후회 말고 내 인생 값지게 잘 살아가자면 될 것 같습니다.

건강! 건강! 건강! 음주, 흡연 끊어버리고 건강식을 하기를 바랍니다.

사람이 죽을 때가 되면 후회

사람이 대부분 죽을 때가 되면 3가지 후회를 한답니다. 첫째는 왜 남들에게 베풀지 못했을까? 잘 살든 못 살든 베풀 수 있었는데 왜 긁어모으기만 하면서 인색하게 살았는가? 둘째로 왜 화가 날 때 참지 못했는가? '욱'하면서 타인에게 정신적, 신체적으로 피해를 준 때를 후회합니다. 잘 참고 살아보자. 셋째로 왜 행복하게 살지 못했는가? 긍정해야 하는 것을 부정했고, 행복한 순간을 모르고 살았습니다. 행복도 불행도 긍정적 사고에서 비롯된다고 합니다. 땅에 긍정의 씨앗을 뿌리고 알뜰히 가꾸면 긍정의 열매가 열린다고 합니다. 왜 바쁘게, 빡빡하게, 재미없게, 틀에 박혀 융통성 없이 살았을까! 뒤돌아보면 안타까운 세월이었습니다.

사람들은 언제인지 모르지만 한 번 왔으니 한 번은 돌아가며 천년 살 것처럼 욕망에만 눈이 멀어 살아갑니다. 평상시 잘 산 사람은 베풀 수 있는 분들께 자신이 힘써 모은 재산과 정신을 선행으로 봉헌해야 합니다. 장애인, 노약자, 유아, 유능한 사람이 돈 때문에 배울 수 없어 학비를 못 납부하면 내주는 나눔을 실천하는 생활. 반대로 나쁜 평가를 내리는 경우의 사람은 많이 가지고 있으면서도 세금을 내지 않거나, 자선을 게으르게 한, 인간의 기준에 어긋나게 부정하게 재산을 모아 가치 있게 사용하지 않는 사람들이라고 할 것입니다.

재산을 모을 때도 정직하게 땀의 가치로 번 돈이 오래가며 가치가 있습니다. 돈을 자기는 아끼고 못 먹고, 못 쓰면서도 사회를 위해 가지지 못한 이들과 나누고 베풀어 사는 축복된 생활이 최고의 선입니다. 가치 있게 살았기에 천국을 이미 이 세상에서 보람으로 느끼는 것 같습니다. 그러나 악하게 산 이들은 나누고 베풀 때에 인색해서 아우성이지요. 천국에 사는 이들의 식사 시간은 서로가 상대에게 떠먹여 주어서 서로가 잘 먹을 수 있어서 평온합니다.

그런데 지옥의 식사 모습은 긴 수저로 자기만이 입에 넣으려 하니 결국 한 수저도 못 먹게 된다니! 그래서 배고파 아비규환 지옥이란 단어가 있는 것 같습니다.

사람들은 언제 어디서나 서로 나누고 신뢰와 믿음으로 살아야 함을 알려주고 있지요. 나누고 베푸는 일은 그리 쉽지 않지만, 요즘처럼 극단적 이기주의 시대에는 더욱 어렵습니다. 나 또한 마찬가지입니다. 그런데도 자기가 어려워도 나누고 베풀 수 있다는 용기와 지혜로운 이들이 함께 산다는 건 아마도 천국을 향한 복을 저축하는 길이라고 느껴봅니다. 현실 생활에서도 우리는 할머니를 돕는 학생을 보았습니다. 허름한 옷을 입고 짐을 들고 버스를 타는데 버스 차비를 미리 내지 못하고 어쩔 줄 몰라 고개 숙이는 할머니를 위해 차비로 만원을 대신 내주면서 무안을 주는 버스 기사에게 나머지 거스름돈은 차비를 못 낼 형편에 있는 사람 몫으로 사용해 달라고 하는 고등학생의 용감하고 의리 있는 모습에서 우리나라의 미래가 밝음을 더욱 아름답게 알 수 있었습니다.

이런 선행에서 자신 선행이 얼마나 모든 사람들에게 기쁨과 사랑을 심어주고 화기애애한 사회를 조성하는지 좋은 선례가 아닐 수 없습니다. 이런 삶이 진정 사람 사는 세상입니다. 그리고 돈을 가치 있게 벌고 쓰는 사람입니다. 순리대로 살려는 노력하면 할수록 좋습니다.

어떤 스님에게 누가 극락과 지옥을 질문했을 때 아래와 같이 답합니다. 여기서 우생마사(牛生馬死)를 예로 답하고자 합니다. 풀이는 소는 살고 말은 죽었다. 폭우로 소와 말이 큰물에 떠내려가는데 소는 물살을 거스르지 않고, 물 흐르는 방향으로 고개를 들고 헤엄치면서 물이 깊지 않은 곳까지 가서 땅을 밟고 살았는데 헤엄 잘 치는 말은 물살이 세고 더 깊은 방향으로 오르다 결국 물을 많이 먹어 익사하게 되었다는 고사입니다.

물 흐름에 편승해 한 걸음 한 걸음 성실하고 꾸준하게 흘러간 소의 길처럼 과도하게 자신을 뽐내거나 자만하지 말고, 자연의 이치를 깨닫고 순응하면서 모든 사람들이 서로가 나눌 수 있을 때 나누고, 베풀 수 있을 때 베풀면서 살아가면 아름다운 세상이 될 것입니다. 아집, 독선, 극단적 집단주의가 아닌 상생의 평화의 길만이 오늘을 사는 참다운 인간 삶의 길이라 생각합니다.

하느님께서도 사랑을 가르쳐 주십니다. 석가모니께서는 중생과 자비심을 가르쳐 주십니다. 결론은 인생은 힘들고 어렵지만 그 중에서도 서로가 사랑을 인생을 참되고 가치 있게 살기를 바라는 것. 이것이 천국이요, 극락 세상입니다.

역지사지(易地思之) 하는 생각과 행동으로 살 때 현생과 내세가 행복하게 살았고, 아름답게 세상을 떠날 듯싶습니다.

말 실수 안 하려면

첫째, 나의 말이 자신과 타인에게 어떤 영향을 줄지 사려 깊게 말한다.

둘째, 불필요한 말은 삼가고 꼭 필요한 말만 한다. 말을 했는데 실수하면 궁색해진다. 문제가 생기기도 하고 갈등을 유발하게 된다.

셋째, 진솔하게 말한다. 진실되지 않은 말은 신뢰를 잃게 한다.

넷째, 언제나 상황에 맞게 말하며 상대의 기분도 살핀다. 상황, 처지, 장소에 따라 어울리게 말하는 것이 기본이다.

다섯째, 말하는 순간에도 두 눈을 보고 기분 좋게 진솔하게 말한다. 말하고 듣는 태도에도 예의가 있다.

전쟁 상황에서도 합리적이며 기교 있게 담판으로 평화를 이끈 장군의 일화는 유명한 일화가 아닐 수 없다.

계절의 순환이 주는 의미

누가 자연의 순환을 거역하리요. 권력층과 힘 있는 기득권층에 정의, 공평이 멀어지는 사람들아, 권력이나 재물이 높고 많은들 사람의 한계가 있으니, 그것을 어디에 가치 있게 쓸 것인지 얻고 누렸다면, 자연이 무상으로 준 것을 내려놓고 나누어 주어야 하지 않을까? 모든 인간이 얻고 가진 것은 내가 세상을 돌아갈 때쯤에는 부귀영화는 한때 꿈과 같은 것입니다. 움켜진 두 주먹을 펴고, 참다운 인간 가치 있고 보람 있는 세상을 위하여 후대들을 위해 길을 만들어 주는 것이 마땅한 일일 것 같습니다. 싹이 움트고 꽃이 피고 논밭을 갈며 비료와 퇴비를 뿌리면서 땅 이랑을 만들고, 정성 들여 씨를 뿌리면서, 자연이 농작물을 자라게 해준 것처럼 수많은 천혜의 혜택을 바라지도 원치도 않고, 뿌리고 정성 들인 만큼 계절의 순환은 풍족한 양식을 변함없이 우리에게 공짜로 제공해 주니까 항상 감사하고 고맙게 생각하면서 살아야 합니다. 꽃이 피고 벌과 나비가 날고, 따뜻해 곡식이 자라며, 바람이 일어 시원하며, 오곡이 무르익고 알곡으로 변하며, 울긋불긋 산들이 변하면서 추수해 춥고, 야외활동이 어려운 겨울을 준비한 양식으로 한 해를 근심 걱정 없이 따뜻한 실내에서 도란도란 이야기 나누면서 즐겁게 살도록 해 준 은혜를 감사하면서 살아야 합니다.

그런데 일부 몰지각한 비양심적인 사람들은 자기의 기득권 지키기와 자기 편의 파당 정치를 유지하기 위하여 양심과 정의, 공정도 지키지 않고 살아감에 그 반대급부에 있는 수많은 사람들이 불안과 근심, 걱정하면서 지냅니다. 세상을 양심, 비도덕, 비인간들을 바로잡아 세우려면 올바른 투표를 행사해서 옥석을 가려야 할 것입니다. "윗물이 맑아야 아래물이 맑으니" 높은 사람들이 똑바로 일하게 국민은 올바른 선택만이 자연 순환의 길을 존중하는 이치가 됩니다. 무능하고, 부정,

부패한 사람들은 세상을 바르게 변화시킬 수 없습니다.

계절의 순환이나 태양, 밤, 낮이 순리를 거스르지 않듯이, 진리를 믿고 따르는 지혜로운 인간 생활을 이루어야 합니다. 그래서 인간 모두가 행복하고 건강한 개인이나 나라가 되기를 진심으로 기원합니다. 자! 우리 모두가 지금도 행복한 삶과 미래 세대들도 안정되고 행복한 삶의 터전을 만들어 줍시다. 이것이 나의 마지막 소망입니다.

인간 세상을 정의롭고 공정한 세상을 바란다면 잘못된 지난 세월을 회상하고 고치려는 굳센 의지와 믿음 없이는 개혁될 수 없다는 인식을 해야 합니다. 자연의 이치를 따라서 살면 됩니다.

나의 할 일을 다 한 보람

사람은 누구나 무엇으로든지 남보다 뛰어나길 바라며, 남들로부터 인정받고 우러러 보이길 원합니다. 그렇지만 남들이 자기를 인정해 주고 곱게 보아 주는 것은 결코 쉬운 일이 아닙니다. 예수의 사랑, 석가의 자비와 같은 사랑과 인내의 사상이 진리로 사람들 정신의 중심으로 자리 잡아야 합니다.

제일 높은 곳에 올라서면 사방이 널리 보이고, 멀리 보이듯, 땀 흘리고 숨이 막힐 순간들을 극복하고 인내심으로 산 정상에 올라 완주의 쾌감을 느낍니다. 여러분! 이 쾌감을 여러분도 체감해 보셨나요? 이 세상 온갖 기쁨이나 행복은 쉽게 얻을 수 없답니다. 산을 오르고 내리면서 악천후 기상 조건에서도 혼신의 힘을 다해 죽기 살기의 용기와 인내로 견뎌야 정상에서 쾌감을 누릴 수 있습니다. 어려움을 이겨내고 높은 산꼭대기까지 올라간 사람만이 맛볼 수 있는 참으로 값진 성공입니다.

그러나, 사람들은 저기 어딘가에 높은 곳이 있고 그저 희미하게 보인다고 생각할 뿐이지 그곳을 오르려고 하는 사람은 적고, 오르다 중간에 하산하는 이들도 있는데 그분들은 실패한 것입니다.

한 걸음 한 걸음 지칠 줄 모르고 꾸준히 오르는 사람만이 정상에 오를 수 있으며, 극도로 참을성이 있어야 하고, 끈기가 있어야 하며, 함께한 등산인의 대열에서 낙오하지 말아야 합니다. 주저앉고 싶고, 기진맥진할지라도 한 걸음 두 걸음 오르고 또 올라야 오를 수 있습니다. 평범해서는 오를 수 없습니다. 만일 속도가 느리다면 빨리 가는 이가 쉴 때 오르고 또 걸어가야 함께할 수 있습니다. 전국시대 오나라 순자의 말씀에 "발걸음이 쌓이지 않으면 천리에 이르지 못할 것이요, 적게 흐르는 물이 모이지 않으면 큰 강을 이루지 못할 것이라"고 했습니다.

오늘이 지나가면 영영 다시 오지 않습니다. 힘이 있고 젊음이 있을 때 나의 할 일을 기쁘게 즐겁게 보람되게 해야 합니다.

하루에 새벽도 두 번 오지 않습니다. 우리 모두 인내와 끈기로 저 높은 산꼭대기를 향하여 한 걸음 한 걸음 발길을 힘차고 굳건하게 올라서야 합니다.

더 큰 그릇 되기

"인생은 나그네 길, 어디서 왔다가 어디로 가느냐?" 구름이 흘러가듯 떠돌다 가는 길에 정과 미련도 두지 말자. 내 할 일 다 했으면 그만이지, 뭐 그리 아쉬워하고 또 서러워하는지. 구름이 비가 되고 순환해 다시 구름이 되듯, 빛이 있으면 그림자가 있고 그림자가 있으면 빛이 있듯 그렇게 순환한다.

탐욕을 버리면 마음도 정신도 안정되고 차분해지는데, 왜 자꾸 서두르고 더 많이 가지려고 욕심을 내는지. 그래서 불안하고 초조해 마음에 안정감이 살 수가 없다. 바람이 불면 시원해 좋고, 눈이 내리면 깨끗해 좋고, 비가 내리면 물이 풍부해 좋은데, 부정적인 부분만 생각하니 그늘이 되고 마음이 울적해진다.

늘 큰 그릇이 되기 위하여 긍정적인 마음으로 살아가자.

사람이 살면서 자살이란 극단 상황에서도 앞뒤 글자를 바꿔 생각해 보면 살자가 되고, 남은 님이 된다. 짐은 잠이 되며, 벌은 별이 된다. 그리고 악은 약이 되고, 징그럽다는 정감 있다로 역지사지의 긍정의 큰 그릇 되어 지내보자.

"사치가 지나치면" 부유하게 살아도 늘 부족함을 느끼고 만족할 줄 모른다니, 그래서 병마를 앉고 살아가는 이들도 있단다. 날마다 할 일을 찾아서 손발을 움직이거나 머리를 써서 영육 간에 활성 산소를 공급하면서 쇠약해져 가는 기능들을 촉진시켜보자.

더 큰 그릇이 되려면 긴 시간이 흘러야 되고, 공력이 들며, 그릇 굽는

가마 속에서 고온의 뜨거움을 견뎌야 하듯 우리 인생의 큰 그릇도 괴로움과 번뇌 속에서 오히려 마음을 즐겁게 다스려야 하지 않을지, 생각을 정리해 봐야 한다.

공허하게 있지 말고 여기저기 모임에도 나가고 취미 활동도 하면서 생산적인 활동도 하고 남을 위해서 봉사활동도 적극적으로 실천해 자신의 심신에 활력소가 일게 노력하자.

사랑은 움직이라는 말이 있다. 나비와 벌이 꽃을 찾아 꿀을 모으고 화분을 매개하듯 상생하면서 기쁨과 즐거움을 나누는 행동이 "더 큰 그릇이 되기" 위한 자세이다.

링컨 대통령의 전기를 읽고

신망(信望)이 두터운 미국 제16대 국민을 위한 대통령

링컨이 대통령이 되기 전에 미국의 켄터키 주 어느 시골 마을 통나무 집에서 살았으며, 낮에는 부지런히 일하고 밤낮으로 틈이 생기면 책을 읽었다고 합니다. 링컨이 청년 시절 남의 집에 일을 하러 가서 그곳에서 책을 빌려와 밤에 책을 읽다 피로감에 깜박 잠이 들었답니다. 그런데 어쩌면 좋을지! 하늘도 무심하게 폭우가 내려 통나무 지붕 사이로 비가 새들어와 책이 얼룩이 지고 빗물에 젖어 버리고 말았답니다. 책을 읽으면서 감동해 읽고 또 읽다가 자신도 모르게 피곤해 지친 나머지… 책이 빗물에 젖어서 읽기 곤란한 책이 된 것입니다.

링컨은 생각을 거듭한 뒤 문제를 해결할까 고민 끝에, 책 주인을 찾아가서 사정을 진술하게 설명하고 용서를 받았습니다. "그 책값 대신 3일 동안 일을 해 드리겠다고 약속한 뒤 약속을 지키고 문제를 해결하게 되었습니다. 이러한 정신이 건강하고 성품이 곱고 아름다운 청년의 말과 행실에 탄복한 책 주인은 '당신 같은 용기와 슬기로운 청년이 잘되기를 바라는 심정으로 그 책과 함께 읽고 싶은 책을 많이 덤으로 주고 믿음과 희망을 주었답니다.

그런 뒤 링컨은 용기를 얻어 고향을 떠나 미시시피강을 거슬러 워싱턴에 올라온 에이브러햄 링컨은 "국민이 국민을 위한 국민의 정치"를 공약하고 대통령 선거에 출마해 미국 국민들의 열화와 같은 성원과 지지를 받아 제16대 대통령에 당선되었습니다. 비록 돈 없고 신분도 농부의 아들로 어려움이 많은 환경에서 자랐지만, 자신의 입장이나 처지를 극복하면서 남북전쟁을 승리로 이끈 배경에는 한 인간으로서 자유와

인권, 평화를 갈구하는 국민들의 소망을 알아서 나라를 위한 정치를 했기에 모든 국민들은 그를 존경하게 되었으며 지지와 성원을 보냈다고 느끼게 되었습니다.

신망 있고 국민의 아픔을 동감하면서 오직 진실함으로 나라를 이끈 지도자상에 깊은 존경과 감사를 전하고 싶습니다. 국민의 존경과 신망이 두터운 링컨은 남북아메리카를 통합했으며 인종차별 정치를 해 미국 국민의 위대한 인물로 역사에 오래 남을 것입니다.

절대로 거짓과 위선 그리고 빈 약속은 오래 가지 못하며, 진실을 이길 수 없다는 진리를 심어준 미국의 제16대 에이브러햄 링컨 대통령은 미국인과 함께 세계인이 우러러 보며, 존경의 대상이 될 거라 확신합니다.

미래의 노후

대만의 한 시사 잡지에서 '미래의 노후'라는 주제로 웹 영화를 기획했습니다. 빠르게 증가하는 노인 인구로 인해 달라질 미래의 모습을 다룬 웹 영화들이 큰 호응을 얻었고, 그중에서도 특히 〈미래의 노후 친구〉는 많은 독신 네티즌의 공감을 샀다고 합니다. 영화는 산속에서 사는 노인에 대한 이야기를 담고 있는데, 네 명의 자식들은 모두 장성해 교수가 되었거나 해외에 나가 장사를 하고 있고, 노인만 자식들이 모두 떠난 산골 집에서 혼자 살아갑니다.

그러던 어느 날, 아들과 손자가 멀리서 찾아온다는 소식에 그는 정성껏 맛있는 음식을 준비합니다. 하지만 곧이어 오지 못한다는 전화를 받게 되고, 준비했던 음식들은 주인을 잃고 맙니다. 이런 상황에 노인의 마음은 외로움보다 실망과 허망감에 말을 잇지 못했을 것입니다. 이때 하늘마저 노인을 울리는 듯 우중충해지자, 하는 수 없이 노인은 친구를 불러 함께 식사할 계획을 세웁니다.

하지만 누렇게 색이 바랜 낡은 노인의 수첩을 한참 동안 뒤적거리며 함께 식사할 친구를 찾지 못합니다. 이때 창밖에는 비가 쏟아져 내리고, 결국 노인은 부엌 식탁에 가득 차려진 음식을 홀로 먹습니다. 요즘 우리 사회도 혼밥, 혼술, 홀로 계신 할아버지, 할머니가 손자 손녀를 기다리면서 쓸쓸히 살아가고 있습니다. 왜 우리 세대는 기대했던 만큼 자녀와 손자, 손녀가 함께한 식사 자리마저 못하고 이렇게 외롭게 살아가는지, 적막감과 고독이 영화 한 장면 위로 '인생의 마지막 20년을 함께할 친구가 그립습니다.'라는 자막이 흐릅니다.

오늘 새벽 대만 최고 베스트셀러 작가 우뤠취안의 저서 "우리 그렇게 혼자가 된다" 책을 덮으며 미래의 나의 이야기 같은 자화상이 아닌지 잠시 명상에 잠겨 봅니다. 노후에는 친구가 가까이 있어야 하고, 자주 만나야 하며, 취미를 공유하고 나누면서 살아가면 좋겠다는 생각을 더 많이 하게 됩니다. 아내와도 젊은 시절에 바쁘게 사느라 못 다한 사랑을 더욱 진하게 하면서 살고 싶습니다. 노인이라 외로운 것보다는 할 일이 줄어들어 소일거리가 없고, 젊은이들과 어울려 살려는 생각 때문에 그리고 신체적 한계로 마음대로 움직이지 못해 자꾸만 자녀들과 손자, 손녀가 보고 싶고 그리워지는 건 인지상정인 것 같습니다.

나는 여기서 한 가지 제안합니다. 우리 퇴직 노인들이 연합해 시골에 빈 집을 무료로 이용해 손자 손녀들도 돌봐 주고 어린이집이나 유치원에 아이를 돌봐 주고, 이야기도 해 주면서 어린 시절 추억을 되살려 주는 교육 활동을 하면 좋겠습니다. 민속놀이도 가르쳐 주고, 예절 교육도 시키면 참 좋겠다는 생각을 해 봅니다. 그리고 외롭지 않기 위해서 그동안 체험을 봉사하는 노인으로 살아가면 젊은이와 노인들이 상생하며 보람 있게 사는 길이라 말하고 싶습니다.

나머지 시간은 노인 대학을 다닐 수 있게 초등학생이 없는 학교를 빌려 활용하면 모두가 기쁨의 장소가 되어 더 좋은 세상이 될 것 같습니다. 지방 자치 단체장들은 한 번쯤 고려해 볼 사항입니다. 노인들이 결국은 우리 할아버지, 할머니이기 때문입니다. 그분들도 어른으로 공경하며 대우를 해야 할 이유가 있기 때문입니다.

사람 본연의 길

2019년 3월 6일 국회 방송에서 방영된 카트만두 짐꾼 어머니와 15세 아들을 시청하고 난 소감은 눈물겨웠다. "길 위의 인생"이 눈시울을 적신 이유는 어머니가 무거운 짐 하나라도 자기가 더 지려고 하면서, 아들에게는 가벼운 짐을 지게 한 장면이 모성애를 뛰어넘어 조건 없는 사랑이 부모들의 근본임을 알게 해주어 눈물 없이는 볼 수 없는 한 편의 드라마 같은 실제 상황이었기 때문이다.

관광객들의 무거운 짐을 이마에 끈을 연결하여 이고 진 중년의 어머니가 수천 리 길을 오르내리면서 우리 돈 3만 원 정도 수입금으로 아들의 바지 하나 사주고, 자기가 입고 싶은 옷은 보기만 하고 못 사는 처지가 애처롭고 가슴이 아파지는 감을 느끼게 하였다. 아무리 잘 살려고 몸부림치고 노력해도 어머니 짐꾼은 만족할 만한 생활을 할 형편이 못 되어 아들을 학교에 보내서 자기보다 잘 살게 하려는 모정(母情)은 국경이 없는 어머니들의 자식 사랑의 공통점인 것 같았다.

언젠가 아내랑 명품 옷 브랜드 점에 가서 하는 말, 아들의 옷은 메이커가 있는 좋은 옷을 사주면서 자기의 옷은 노브랜드 싸구려 옷을 사는 어머니는 자식 사랑의 진실이 몸에 깃들어 있음을 알 수 있었다.

그뿐인가. 아들이 태어났을 때 감격에 눈을 맞추면서 깊은 잠을 이루지 못해 눈병까지 났고, 내 아들은 건강하고 훌륭하게 자라라 기도하신 어머니. 손발에 금이 가고 잔주름이 늘어만 진 하늘 같은 넓은 사랑을 주었단다. 오늘의 고마움과 감사 은혜를 아들들은 결코 잊어서는 안 된다고 자녀들은 결심을 다져야 한다.

먹을 것, 입을 것, 잠자리도 언제나 제일 우선은 자녀들인 어머니 사랑과 정성, 높고 넓고 크신 은혜인 것이다. 이런 지극 정성 사랑으로 성장한 자녀들은 노인이 된 부모를 공경하고 보살펴야 한다. 자연 현상의 노화나 질병으로 거동이 불편하면 보조자가 되어야 하고, 다시 애가 되어 가는 어버이가 외롭거나 슬퍼하지 않게 우리를 길러주신 지극 정성으로 효도해야 한다.

눈이 침침하고 소리가 구분이 안 되고 걸음걸이가 부자연스럽고 이가 빠지면서 입맛이 없고 아픈 곳이 여기저기인 노인 부모를 우리가 아이 돌보듯 인간 본연의 사명을 다해야 한다.

어버이를 섬기길 다해야 한다. 이런 일이 인간의 길이 된다.

인생은 '때'가 있는 법

일반인이건 종교인이건 생활환경이 가난한 이들에게 베푸는 것은 주로 연말이나 연초에 돕기 활동으로 실행됩니다. 혹은 사후에 빈자에게 베푸는 기부도 있습니다. 불교에서는 보시(布施) 문화가 보편화되어 있지요. 미국의 부자들은 1년 동안 누가 더 많이 기부했는지를 기사화할 정도라고 합니다. 앞의 이야기에 빗대어 말한다면, '나는 지금은 어려우니, 돈을 많이 벌면 나중에 베풀어야지'라고 생각하지 말고, 조금이라도 그때그때 베풀고 살라는 뜻이 담겨 있습니다. 어떤 가정주부가 자녀들을 학교 졸업시키고 취업하려다 나이가 들어 젊은이들만 뽑는다고 해서 결국 취업을 포기해야 한 경우도 '때'를 잘 활용하지 못한 사례라 볼 수 있습니다. 때를 잘 활용해 지혜로운 삶을 전개하라는 뜻으로 생각해 봐야 합니다. 여행이든 성지순례든 망설이지말고 떠나려는 마음이 있고 걸을 수 있을 때, 가슴이 설렐 때 떠나라는 뜻입니다. 하는 일이 순조롭고 보람 있고 즐거운 때가 진행된다는 겁니다. 아이가 태어난 뒤에 떠나려면 결국에는 떠날 수 없는 환경이 됩니다. 자녀들의 결혼식을 치러주고 분가시키고 홀가분하게 떠나야지, 대학 졸업시키고 취업시킨 뒤에 떠나야지 하고 미루면 그 일은 이루어지지 않는 경우가 더 많습니다. 마음먹었을 때, 시기를 놓쳐서는 이룰 수 없기 때문입니다. 학창시절, 청년시절, 노년시절, 인연이 닿으면 많은 여행을 하면서 경험과 아름다운 추억을 쌓아야 한다고 말해주고 싶습니다. 보시든, 십일조든, 돕기 성금이든, 그때그때 베푸는 찬스를 잃지 말아야 합니다. 미루다 보면 결국 그 일은 실행에 차질이 생기기 때문입니다.

행복이라는 것도 '지금 행복해야지'라고 각인시키고 행복한 순간이 느껴질 때 진정한 행복이라는 뜻입니다. 오늘은 고생하고 내일 베풀고 행복해야지 하면 그 행복은 기다려주지 않습니다. "세월부대인(歲月不待人 : 세월은 사람을 기다리지 않는다)"란 성어가 때를 잘 대변해 주고 있습니다.

바로 지금 삶 속에서 행복을 자각하는 그 순간이 행복인 것입니다. 오늘의 행복으로 만족하면, 내일은 내일 또 다른 행복이나 태양이 떠오르기 때문입니다. 있을 때 잘하고 현재의 삶에 만족하도록 잘 살아야 다음에도 행복하다는 명제를 우리가 알아야 할 것입니다.

시간을 잘 활용하면 성공도 행복도 함께 올 수 있기 때문입니다. 때를 살리고 기회를 잡아야 성공한다고 합니다. 하루에도 밤과 낮이 있듯이…

너무 가깝지도 멀지도…

부모들은 자녀들이 성년이 되었지만 가끔은 3살 어릴 때의 품안에 자식들로 생각하면서 어린이로 착각하고 대합니다.

모든 부모들이 다 그렇다고 할 수는 없지만, 내가 그러니까 혹시 그런 분들도 있겠지 하면서 기우심이 듭니다.

기우이길 바라면서 먹기 싫다는 자식에게 이 음식, 저 음식 골고루 챙겨 차려 놓고, 먹으라며 보채면 제발 잔소리하지 말라는 그 놈은 무슨 고민이 더 큰 것 아닌지 말문이 막힙니다.

다 큰 자식은 배불리 어디서 고급으로 맛난 음식을 먹었지만 집에서 된장국에 김치에다 물 말아 먹은 어미, 아비는 혹시 나 밥 굶고 다니나 방정입니다. 이러니 상대의 마음을 헤아리지 못하니, 어찌 가깝게 지낼 수 있을까요?

운전도 나보다 월등하게 잘하는데 조심하고 살피라 한들 그게 잔소리입니다. 함께 동승하면 말이나 말아야지 입 다물고 주변이나 보면서 감상하면 그만이어야 합니다. 말 많이 하면 젊은 아들, 딸들은 싫어합니다. 가깝게 지내려면 서로 의중을 읽어야 하며, 언제나 편안하고 온화한 모습으로 대해야 합니다.

집에 들면 밖에서 받았거나 쌓인 스트레스나 복잡 다양한 생각을 풀어가는 공간으로 이용하게 간섭하지 말고 내버려 두면 좋겠습니다.

가정이란 Home Sweet Home입니다. 그래서 마음 편안하게 먹고 쉬는 공간으로 내일을 위해 건강을 축적하도록 인적, 물적 환경을 조성해 주어야 합니다. 부모가 자녀들과 가까이 지내는 길은 그들이 살아가면서 느끼는 저항이나 문제점을 함께 고민하고, 답을 찾게 도와주는 것이어야 합니다. 이렇게 지내면 성장한 자녀들과 마찰 없이 일상을 살 수 있을 것 같습니다. 자, 오늘부터 실천입니다.

이 방식은 내 개인의 생각입니다. 더 좋은 멀지도 가깝지도 않은 방법은 독자들의 몫으로 돌립니다.

자기사명서(自己使命書) 작성

건강하게 지내려면 먹는 음식을 배에 70퍼센트만 먹어야 하듯, 인간관계도 서로 만나면 기분이 어느 정도 좋을 때 중심을 잡고 중립의 위치와 자세를 견지해야 합니다. '지나치면 모자람만 못하다'는 말이 있습니다. 그러므로 좋아한다고 과격한 말과 행동을 하면 보는 이들의 생각이나 감정, 눈살을 찌푸리게 합니다. 친할수록 더욱 예의가 존중되어야 합니다. 처음 만나서 웃고 반가운 그런 환한 모습으로 끝나야 하며, 다음에 좋은 인상을 심어 주게 됩니다.

헤어짐이 아쉽고 당시는 서운할지라도 때와 장소 상황을 파악해 너무 오래 함께 자리를 갖는 건 좀 생각해 봐야 할 문제입니다.

그 사람이 가버린 뒤 '왜 갔지? 우리랑 더 있었으면 좋았을 텐데' 이렇게 그리워지는 동창이나 친구 관계가 바람직한 것입니다. 술자리가 길어지고 장난이 과해지면 누구든 실언하게 되고 마음도 중심이 흐트러짐을 나타내기에 미리 유념해야 합니다. 처음이나 끝이 동일한 모임을 이루기 위해서는 술을 마시지 말고 상대방을 기분 좋게 하며 주관 있는 행동을 해야지, 그 분위기와 장소에 취하면 친구나 동기들에게 바람직한 모습을 보여 줄 수 없어 실망감을 줍니다.

특히 주목할 사실은 상대를 이기려 하지 말고, 상대방의 말을 들어주며, 고개를 끄덕이거나 옳으면 '좋아, 그래그래, 고마워, 잘했군. 어쩜 자네는 그리 멋쟁이야' 등 반응을 보여 주면 분위기 메이커도 될 수 있습니다.

공감적 경청 기술을 발휘해 상호 아름다운 친절함이 나타나면 좋겠습니다. 어디서나 자기의 일은 있기 마련이며 해야 할 일, 하지 말아야 할 일을 구별하며 나설 때와 잠길 때를 알고 일의 경중완급을 고려해 어른스럽게 친밀감을 발휘해야 합니다.

여기에 우리가 흔히 사용하는 서식을 올려 봅니다.

나이에 관한 명칭표

15세 : 지우학(志于學)
16세 : 여 - 파과(破瓜)
20세 : 남 - 약관(弱冠)
30세 : 이립(而立) 자립할 때
40세 : 불혹(不惑 / 强仕)
50세 : 지천명(知天命)
60세 : 이순(耳順)
61세 : 회갑(回甲)
66세 : 미수(美壽)
70세 : 고희(古稀)
77세 : 희수(喜壽)
80세 : 입순(入旬)
81 ~ 89세 : 망구(望九)
100세 : 상수(上壽)

이렇게 나이별로 우리 사람들이 잘 나가면 얼마나 좋겠습니까? 나이 값 하고 어른은 어른답게, 아이들은 아이들답게 제 모습으로 빛나게 살기를 바랍니다.

제2의 인생을 정년 후 생활 설계

내가 살아온 과정을 뒤돌아보고 어떻게 살아왔으며, 지금은 어떻게 살고 있으며, 70세인 미래는 어떻게 살아가야 보람 있게 사는 길인지 다시 한 번 계획을 짜서 가능한 실천해 봐야 하겠다.

첫째는 나는 어떻게 오늘까지 살아왔는가?

평범하게 살아온 것 같지 않았다. 6년 초등학교 졸업, 3년 중, 3년 고, 4년 대졸 총 16년 학교를 마쳤고, 군대 제대하였고, 결혼하였고, 아들, 딸들 시집 장가 보냈고, 40여 년 성실하게 직장 생활했으며, 아내는 전업주부로 내 뒷받침 했고, 아들, 딸 후원자 역할을 하면서 살아온 것이다.

둘째는 원래 퇴직하면 그동안 못 해본 국내 명소와 해외여행 하면서 쌓인 피로감도 풀고, 진정한 나와 아내만을 위한 삶을 위하여 마음에 여유로움도 갖고자 했으나, 긴장감이 풀린 건지 세월의 무게가 허락하지 않았다.

아내의 병은 종합적이다. 산후조리를 잘못 했고, 세 번의 교통사고에다, 가정생활에서 쌓인 각종 스트레스, 잘 살아야 되겠다는 압박감, 이곳저곳 이사를 대략 30번은 했는데, 그 이삿짐을 혼자 싸고, 풀고, 내리고 정리했기에 이루 말할 수 없는 사연으로 발병한 것이다. 그래서 종합 병으로 나는 진단하는 것이다. 언젠가 통증이 극심해 서지도 못하고 걷기가 힘들어 세 벽에 긴급구호차를 불러 수원 병원 가서 진단 결과는 가족 모두에게 충격적인 병명으로 알려져 병원 신세를 져야 했고, 위급할 때는 입원도 했고, 수시로 구급차를 부르기도 했으며, 가정치료사를 불러 주사 맞고 치료하였으며 3번의 약을 바꿔 복용하는 약명은 이레사, 알림타, 타그리소다. 다행스러운 일은 이렇게 약이 잘 맞아 나을 수 있다는 희망이다. 5년 이상을 통원치료와 가정 병간호가 일상이 되어 지내고 있으나 모르핀 주사를 맞거나 독한 약을 복용할 때 얼굴이 창백해지고 신음할 때면 내 가슴도 아프고 찢어지는 감정이다.

내가 아프고 아내가 빨리 나아지면 좋겠다고 기도하고 소원을 빌었고 지금도 빈다. 아들, 딸들의 소원과 내 간절함이 통하는 건지 현재는 결과가 희망적으로 불행 중 다행으로 여기고, 현재를 더 가치 있고 보람되게 살아야겠다고 정성들여 아내 하는 일도 내가 하고 건강에 좋다는 음식도 해주며 기분 좋게 지내려 노력하며 살고 있다. 이 중에 느낌은 돈, 명예, 권력이 아님을 절감했다. 오직 건강, 건강, 건강이 가정에 기쁨이요 평화란 깨우침을 알았다.

셋째는 우선 젊은 유능한 청장년층이 일자리의 기회를 주자는 뜻이 제일차였고, 그 다음은 여유롭게 여생을 즐기며 살고 싶었기 때문이었다.

그럼 오늘부터는 어떻게 70세 이후를 살아갈까?

첫째 : 내가 평소 해보고 싶은 일을 즐기면서 하련다.

신기술도 배우고, 글도 쓰고, 공기 좋고 물 맑은 농가주택을 구입해서 내 공간을 이용해 황토방도 꾸미고, 찜질도 만들어 그림도 그리고 주변에 상록수 심고, 가꾸면서 틈나면 결혼해 살고 있는 자녀들이 오고 가기를 바라면서, 아기자기 살아야 하겠다.

둘째 : 요즘은 농촌에 아이들의 울음소리가 들리지 않고 초등학생들이 급감해 학생 수가 눈에 띄게 줄어들고 있어 폐교가 심각하다.

나라의 막대한 재산과 시설이 방치되어 자세히 살펴보면 국민들이 낸 혈세가 낭비되고 있다. 이런 현실을 감안해서 늘어나는 노인복지학교로 활용 방안을 전환해 보고 싶다. 70세 이상 노인들이 그동안 여러 직장에서 경험하고 취득한 지식을 함께 나누고 활용하는 것이 삶에 활력소가 되리라는 믿음에서 착안하게 되었다.

현시대를 평생학습(平生學習) 사회라 한다. 노인들도 신지식, 신기술, 신산업을 배우고 익힐 때만이 긴 세월을 외로움, 고독에서 기쁘고, 즐거운 인생을 살 수 있게 된다.

자녀들도 직장에서 마음 놓고 업무에 충실하게 되며, 노인들도 여가를 즐길 수 있기 때문이다. 학교 주변 농토에 자연친화 농작물도 심고 가꾸면서 어린이들에게 고운 마음을 심어 준다면 정서가 바른 예절 바른 인간교육도 함께 되리라 생각한다.

우리 민족 고유의 전통예절교육도 실시하고, 전통놀이도 전수하며 옛 선조들의 미풍양속을 전래 계승 발전시키면 오늘날 일어나는 사회악도 해결될 수 있을 것이다. 이런 활동은 사람이 사람답게 살아가는 상경하애(上敬下愛) 사람의 근본을 알고 살아가는 진정한 인간화 교육이요, 질서 있는 아름다운 세상이 될 수 있다고 확신한다.

우리 민족은 대단히 우수합니다. 이 우수한 민족들이 어른들의 경험과 지혜를 나누고, 젊은이들이 신지식과 기술을 결합해 자라나는 세

대들과 함께 하고 나눈다면 우리나라는 세계가 부러워하는 예절 바르
고 부강한 대한민국으로 우뚝 설 것입니다.

장금섭

좋은 인연

택시기사가 허겁지겁 차에 타는 아름다운 아가씨를 인천 공무원 시험 장소까지 태워다 주고 운임을 달라는 순간, 아가씨는 당황하며 기사에게 말했습니다. "제가 그만 시간에 쫓기다 지갑을 못 가지고 와 미안해요." 그러면서 주소와 전화번호를 주고 다음에 택시비를 주겠다고 하며 내렸습니다. 이후 공무원 시험에 합격했지만, 기사는 이제나 저제나 소식을 기다려도 연락은 없었습니다.

일주일 뒤, 아가씨가 만나자는 연락을 받고 약속 장소로 갔습니다. 아가씨는 음식을 접대하며 취업시험에 합격했다고 고마워하면서 택시비를 주려고 했습니다. 그러나 기사는 택시비를 받지 않고 자기 아들을 한 번 만나보면서 친해지기를 원했습니다. 아가씨도 처음에는 당황했지만, 자주 만나면서 정(情)이 들어 며느리가 되는 인연도 세상에는 있었습니다.

정직과 신뢰가 안겨준 인연은 사랑이 오래가고, 두 젊은이의 미래에 기쁨과 사랑으로 가정 화목은 물론 사회에 큰 본보기가 됩니다. '우리 속담에 마음이 통하면, 맞으면 천하도 바꿀 수 있다'와 같이 함께 해야 하고 진실한 가정을 이루려면 마음을 맞추면서 살아야 한다는 것입니다.

결혼, 출세, 돈 많이 버는 것, 세상을 다 얻은 자들도 모두가 인간과 인간들 사이에서 신뢰만이 행복한 삶을 이어주고 있고, 미래에도 기쁨과 행복을 사랑으로 인도할 수 있음을 예언하고 있는 것 같습니다.

세상은 참 복잡하고 별난 사람들이 많은 것 같아요. 아는 이가 모르는 이들을 속이고 속고 사는 세상에서 살아가고 있습니다. 부산 저축은행 사태는 고위층 은행 감독원 직원 몇 사람들이 서민이 알뜰하게 모은 돈을 감독도 하지 않고 부실 저축으로 서민들을 울리는 나쁜 자들입니다. 관련자들은 법에 따라 엄하게 징벌해야 합니다. "정의사회", "복지사회"라 국가는 표방하지만 우리 사회는 아직도 의롭지 못한 분야도 있습니다. 아직도 개혁되어야 할 부분이 적지 않은 것 같습니다. 비리를 알고도 이해관계로 눈감아주고 적폐가 있는데도 도려내지 않는다면 그런 나라는 희망이 없게 됩니다. 청년들의 일자리는 줄어들고 없어지며 민생은 어려운데 파당정치로 자신들의 입장만 주장하다 보면 그 피해는 고스란히 국민에게 돌아갑니다.

모든 한 사람 한 사람이 골고루 능력과 일자리를 가지고 여러 분야에서 신나게 활동하는 나라를 만들어 가면 좋겠습니다.

인연은 부자, 부부, 친구, 국민, 정치 지도자, 심지어 자연 인연까지도 매우 소중하기에 과거, 현재, 미래까지도 계속 유지 발전되게 이어 가야 인간답게 살아갈 수 있습니다.

옷깃만 스쳐도 인연인데, 항상 좋은 인연으로 살아갑시다.

3부
세상에게 쓰는 편지

함께하는 세상

바람개비는 바람이 불지 않으면 혼자서는 돌지 못합니다.

이 세상 그 무엇도 홀로 존재할 수는 없습니다. 사람도 홀로 살아가면 외롭고 힘듭니다. 그래서 더욱 함께 만들고 같이 어울리면서 살아가는 겁니다.

사랑, 희생, 봉사 이런 마음이 내 안에, 우리 안에 있을 때, 사람도, 세상도 더욱 더 아름답게 빛을 비춥니다. 넘칠 때는 모릅니다. 건강할 때는 모릅니다. 있을 때는 모릅니다.

부부 사이도, 자녀 사이도, 친구 사이도, 또 다른 인연 사이도 잊고 삽니다. 아플 때, 부족할 때, 없을 때, 모자랄 때, 비로소 다른 사람의 도움 없이는 살아가는 일이 버겁고 절실하다는 걸 알게 됩니다. 같이 살아야 한다는 말은 서로 돕고 살라는 의미입니다.

함께 어울리고, 함께 채워주고, 함께 나눠주고, 함께 위로하고, 함께 슬퍼하고, 함께 웃어주고, 함께 땀 흘리며 서로 돕는 세상입니다.

인간 사회는 존재하는 그 무엇도 혼자서는 살 수가 없습니다. 내가 못하는 일을 다른 사람이 하고, 다른 사람이 안 하는 일은 내가 해야 합니다.

카톡도 혼자는 못합니다. 지인이 있기 때문입니다. 때로는 상처도, 손해도, 배신도, 실망도 있지만, 선의의 경쟁을 하면서 그렇게 함께 조화로운 세상, 편안한 세상, 아름다운 세상을 만들어 갑니다.

이렇게 살지만 우리 사람들 중 가장 최고의 가치와 복은 건강입니다.

건강을 오복 중 최고로 여기면서 정신건강, 신체 건강까지 함께 유지하면 좋겠습니다. 늘 처음처럼 우리 함께 일과 생활을 건강하게 행복하길 소망합니다.

하루 24 시간을 어떻게 보낼까

나의 하루는 흘러가는 것이 아니라 내가 가진 것으로 채워지는 것입니다.

어느 학원의 강사가 학생들 앞에서 실험을 했습니다. 먼저 커다란 항아리에 큰 돌덩어리를 가득 집어넣었습니다. 학생들은 가득 찼다고 생각했습니다. 그러나 이번에는 항아리에 작은 자갈을 넣었습니다. 그러자 돌덩어리 사이로 작은 자갈들이 가득 찼습니다. 학생들은 고개를 끄덕이며 드디어 항아리가 가득 찼다고 생각했습니다. 그런데도 강사는 항아리에 모래를 넣었습니다. 모래가 돌덩어리와 자갈 사이의 빈틈을 가득 채웠습니다. 학생들은 가득 찼다는 자신들의 생각에 의구심을 품었습니다. 드디어 강사가 항아리에 물을 붓자 사이사이로 물이 가득 찼습니다. 강사가 말했습니다. "만약 항아리에 큰 돌덩이를 넣지 않고 물이나 모래를 먼저 넣었다면 이걸 모두 넣을 수 없었을 것입니다." (합리적인 일의 순서) "여러분의 생활에서 가장 중요한 일이 무엇인지 알아서 그걸 먼저 해야 자잘한 다른 일도 다 할 수 있다는 것입니다. 중요하지 않은 일을 먼저 시작하면 중요한 일은 하지 못하고 하루가 다 가버릴 것입니다."

아마도 그런 뜻에서 "시간은 금이다."라고 위인들은 말한 것 같습니다.

하루의 계획은 아침에 세우고, 일 년의 계획은 정초에 세우며, 단기, 중기, 장기 계획을 세워서 계획의 끝까지 가야 성공하며 목적을 이룰 수 있습니다. 계획서를 작성하며 시의 적절하게 시간을 활용해, 일상을 균형 있게 인생을 행복하게 살아갈 수 있다면 좋겠습니다.

어떤 사람은 하루를 25시간처럼 여유롭게 보내고, 누군가는 23시간으로 낭비하면서 살아갑니다. 알뜰하게, 보람 있게, 가치 있게 시간 관리를 재설정하면 좋겠습니다.

만사형통과 인간다운 세상은

우리나라는 예로부터 동방예의지국으로 불리어 왔습니다. 그런데 언제부터인지 서구 문화와 문물의 무분별한 유입으로 예절, 도덕, 윤리가 악영향을 받아 가치관이 매도되고 혼란스러워지고 있습니다. 특히 개인주의가 만연하고, 원칙과 상식을 넘어서는 경지에 이르렀다는 점은 부언하기 어렵습니다. 양심이 전당포에 저당 잡히듯, 중책을 맡아 소명을 행하는 자 중 일부는 무고한 생명이 죽어가는 상황에도 책임지는 사람이 거의 없습니다. 그래서 세상은 요지경이라는 유행가를 떠오르게 합니다. 극단적인 이기주의 만연, 황금만능 사상, 모 아니면 도라는 사고방식, 상사에게 잘 보이거나 아부해서 신분 상승을 꾀하려는 자들 때문에 인간 세상은 혼탁해지고 있습니다. 이를 어찌해야 할까요?

방법은 인간성의 회복과 각성에 있습니다. 하늘, 땅, 사람의 전인교육을 통해 성현이 말한 본성을 되찾는 교육이 절실합니다. 성현의 가르침에 따르면, 사람은 태어나면서 본성이 착한 것은 마치 물이 위에서 아래로 흐르지 않는 법이 없다고 했습니다. 그러므로 인간 본성 교육에 충실한 실천, 그리고 자연환경의 적절한 보존과 이용, 인간과 환경의 조화로운 교육과 실천으로 만사형통의 덕을 평화롭게 이어가야 합니다. 생을 사랑하고 보존하며, 인간들이 평화롭고 안심할 수 있는 법과 제도를 통해 만사형통하는 사회나 세상을 창조해 나가야 합니다.

다시 한 번 인간의 교육, 각성의 교육, 인간다운 삶의 교육을 위한 길, 전인교육과 생명 교육을 통해 우리 모두가 만사형통한 복지 국가가 되길 기대합니다. 동방예의지국의 명성과 금수강산의 면모를 다시금 찾고, 이를 유지하여 후손에게 물려주면 좋겠습니다. 그래서 평화로운 나라, 복지선진 대한민국, 세계 속에 우뚝 선 본보기가 되는 나라, 과거처럼 동방을 넘어 세계 속의 예의지국으로 세계가 부러워하는 선진국으로 재도약을 염원합니다. 이러한 나라가 되는 것이 만사형통, 인간다운 나라며, 아름다운 세상일 것입니다.

龍盤虎踞

松亭 張今燮

용이 서리고 앉은것 같고 범이 걸터앉은것 같다는 말로 글씨가 아주 훌륭하다는 걸 더우함.

論道講書

樂志論에 있는 말

松亭 張今燮

道을 論하고 書을 강한다.

사람이 살아가면서 생(生)의 5가지 계획(計劃)

사람이 살아가면서 뜻있게 살아야 할 5가지 계획은

첫째는 생계(生計): 태어나고 살면서 의, 식, 주를 어떻게 하면 잘 이루어 갈 것인지에 대한 계획입니다. 가장 기본은 잘 먹고 마시고, 쓰임과 장소에 맞게 입고, 편안하게 잘 사는 일을 계획하는 것입니다.

둘째는 신계(身計): 몸을 어떻게 하면 건강하게 잘 챙길 것인지 계획하는 것입니다. 살면서 건강을 잃으면 모두를 잃은 거라고 합니다. 정신 건강과 동시에 신체를 건강하게 관리해야 합니다. 개인의 건강이 튼튼해야지만 사회적 영향력을 행사하고 나라의 국력이 되므로 국가에서도 개인의 건강 및 복지에 책임감을 가져야 합니다.

셋째는 가계(家計): 행복한 가정을 어떻게 하면 잘 꾸려 나갈지 계획입니다. 행복한 가정을 이루고 꾸려나가는 데에 있어 마음가짐이 중요합니다. '범사(凡事)에 늘 감사해 하고 기쁘게 웃으며 살아야 함을 실감합니다. 그리고 하루 24시간을 효율적이고 보람 있게 사용해야 합니다. 돈을 적재적소에 사용해 효용 가치를 높여야 합니다. 나의 금전을 관리하는 방법을 알고, 돈을 꼭 필요로 하는 이들에게 기부도 하고 이들과 나눠 쓰며 사회 복지를 위한 세금도 흔쾌히 납부할 줄도 알아야 합니다.

넷째는 노계(老計): 늙어서 어떻게 잘 살 것인지 계획입니다. 자녀들에게 의지하지 않고 살려면 나이가 들어서도 건강 및 체력관리를 잘 해야 하고 재산도 잘 관리해야 합니다. 건강과 장수는 인간이 추구하는 본질이기도 합니다. 여기서 무병장수(無病長壽) 5욕 원칙을 소개

합니다: 과음(Over-drink), 과식(Over-eat), 과로(Over-work), 과색
(Over-sex), 과욕(Avarice)입니다.

다섯째는 사계(死計): 어떻게 잘 죽을지 계획입니다. 신(神)이 지상에
모든 이에게 공평하게 분배한 것은 시간과 죽음이라고 합니다. 시간
앞에는 특권과 비리와 반칙이 없습니다. '잘 사는 사람이 잘 죽는다'라
는 여느 신부님의 강연의 말씀을 떠올려보며 잘 사는 것과 더불어 어
떻게 죽을지에 대한 생각을 한번쯤 해 보는 것입니다. 잘 죽는다는 것
은 잠을 자듯이 아프지 말고 자녀들이나 친지들에게 근심과 걱정 없
이 고이 가는 것이 아닐지 생각해 봅니다.

부모께 효 통장을 만들어 드린다면 어떨까요?

가화만사성이라고 했습니다. 가정이 편해야 만사가 잘 풀린답니다. 부모님은 공경받아야 마땅합니다. 우리의 생명의 은사이기 때문입니다. 왜냐하면 부모님이 계셨기에 현재의 우리 자녀도 있습니다.

부모의 사랑은 조건을 따지지 않으며, 어느 부모가 되든 자녀들에게 잘 먹이고 편안하게 잠자리를 마련해주며, 깨끗하고 아름다운 옷을 입혀주려고 손과 발이 다 닳도록 헌신 봉사의 삶을 사십니다. 자녀가 성장해 일자리를 잡고, 결혼하면 분가시켜 잘 살도록 기도하면서 축원합니다. 그리고 손자들이 태어나면 손자들을 돌봐주십니다. 이렇게 우리를 위해 끝까지 돕습니다. 그래서 부모의 은혜는 하늘 아래 갚을 수 없습니다.

평생을 우리 위해 고생하고 땀을 흘리며 노력하였기에 손마디는 굳은 살이 되어 있고, 얼굴에는 잔주름만 늘어났습니다. 머리카락은 하얗게 변했습니다. 세월은 수없이 흐르고, 흘러 자녀들은 자기들 생활에 몰두하느라 언제나 부모는 뒷전입니다. 아파도 소리 내지 못하고 자녀들의 손발이 되신 우리 부모님은 우선순위가 자식들 잘 되기를 빌고 봅니다.

어찌할까요? 벌써 80세를 얼마 남기지 않았으니, 인생사 자녀가 효도하려나 노인이 되었으니, 기력도 없고 그동안 세상 험난한 나날을 사느라 눈은 침침하고 다리에 힘이 없습니다. 허리는 휘고 넘어지기라도 하면 어찌할까요! 쉼터를 마련해드리면서 활동 공간도 만들어 드려야 합니다. 요즘 세대를 보노라면 늙으신 부모를 요양원이나 양로원에 모십니다.

그때를 대비해서 양로원에 보내지 않으려면 자녀들이 합심해서 매월 얼마씩 효 통장을 만들어 어려울 때 사용하길 제안합니다. 우리를 밤낮으로 애지중지 길러 준 은혜에 이렇게라도 한다면 천복을 지을 수 있을 것입니다. 그래야 우리 자녀들도 후대에게 대를 이어 복을 받지 않겠습니까!

성서에도 십계명에 있습니다. "네 부모를 공경하라. 그러하면 너의 하나님 나 여호와가 네게 준 땅에서 네 생명이 길리라." 누구든지 형제를 사랑하여 부모가 기뻐하는 모습을 보일 때는 그것이 곧 효도하는 길이라고 하였습니다. 부모를 공경하지 못하는 자가 어떻게 보이지 아니한 하나님을 공경할 수 있겠느냐고 하셨습니다.

주자십회 속담에도 나와 있습니다. "불효부모사후회" 살아 있을 때 효도하는 방법입니다. 이런 자녀 간 우정과 화합된 마음이 화목한 가정을 만듭니다. 부모 마음을 화사하게 합니다. 늙고 쇠약해지는 우리 부모를 위하여 그동안 낳아주고 정성껏 길러 주신 은혜를 되돌려 드립시다. 그 약소한 방법인 효 통장을 만들어 부모가 편리하게 사용할 수 있도록 효 통장을 만들어 드리자고 거듭 주장합니다.

살아 있을 때 잘해

"있을 때 잘해야"

不孝父母死後悔 (불효부모사후회) 부모님 살아 계실 때 잘 모셔야 한다. 돌아가시면 후회가 된다. 나를 낳아주고 길러 주신 은혜가 하늘, 땅과 같기 때문이고 교육을 하였기에 은혜를 잊지 말아야 하지만, 가깝다는 이유로 오히려 불효를 한 걸 모르게 살아 왔습니다. 어머니가 돌아가시고 큰 형수가 그 자리를 대신했건만 그 감사 은혜도 특별하지 않게 살아 왔습니다.

또한 형제자매들에게도 그렇게 가까운데 내 뜻을 잘 전하지도 못 했고, 요즘 나이 들어서 계실 때 가까이 있을 때 잘 할 걸 하는 미련이 남습니다. 친구가 한 명, 두 명 세상을 떠나며, 우리 딸 결혼식에 다녀갔는데 어느새 세상을 떠났다니! 너무 서운하고 미안한 마음 금할 길 없습니다. 동네에서 함께 초등학교를 다녔고 중요한 우리 집 행사를 어려운 처지에도 멀리에서 찾아왔었는데 대접을 소홀히 하고 내 일만 챙긴 잘못 같아 이번 동창 모임에 꼭 만나서 회포를 나누렵니다.

아내에게도 좀 더 관심을 쏟아야 하겠으며, 우리 자녀들에게도 따뜻한 말과 손을 잡아 주면서 어려움을 지혜롭게 해결하도록 껴안아 주려 합니다. 동창들에게, 나와 함께 고향에서 추억을 쌓은 동기들에게도 내가 부족했던 관심과 정을 돌려주고 싶어집니다. 다음에 잘 해야지 하며 미루지 않으려고 합니다. 그래서 우리들의 초, 중등학교 동창 모임이 그만큼 소중한 만남입니다.

"수욕정이(樹慾靜而) 풍부지(風不止) 하고, 자욕양이(子欲養而) 친부

대(親不待)"라는 고사성어가 생각납니다.

부모, 친구, 친지에게 잘 해주지 못한 것만 생각납니다. 너무 가깝고 허물없기에 평소에는 또 있을 때는 관심과 정성이 미치지 못한 후회를 염두에 두어야 합니다. 위에 쓰인 한자 풀이는 나무는 고요히 있고자 하나 바람이 그치지 않고, 자식이 봉양하고자 하나 부모가 기다려주지 않는다는 뜻입니다. 정말 그런가 봐요, 부모가 돌아가신 오늘에야 실감하기 때문이니까요?

친구들도 마찬가지입니다. 정년퇴직 후 친한 친구들도 떠나고 지인들도 떠난 뒤 소주잔이라도 기울였더라면 하는 아쉬움이 남는 건 어쩜 당연한 현실이 되고 있기에 정말 미안한 생각이 듭니다. 가까운 사람일수록 잘해야 하는데 정작 소홀히 하는 경우가 많습니다. 공기와 물의 소중함을 모르고 지내듯 아내 사랑과 정성을 너무도 당연시한 잘못된 착각은 미련이고 후회입니다. 자녀들에게도 따뜻한 말, 힘들 때 손을 잡아 주지 못한 것 같았고 껴안아 주지 못한 일 늦게 깨닫게 됩니다. 집에 있는 시간이 많아 지난 날 못 도와준 가사를 분담하고 더 많이 일하려 하지만 마음뿐 썩 마음에 들게 돕지 못한 것 같습니다.

"있을 때 잘해." 제일 가까운 사이 아내와 가족은 물론, 일가친척, 친구 지인에게 있을 때 잘 하리라 다짐해 봅니다. 오늘도 용기를 내서 말해봅니다. "여보, 내가 더 잘 할게"라고 기운을 자신감을 주려지만 너무나도 기회는 줄어졌습니다.

농부 발걸음 소리

봄이 되면 농부는 논밭으로 발걸음을 옮기고, 밭을 갈아 퇴비를 넣고, 돌멩이를 골라내고 흙을 파고 뒤엎어 이랑을 만들고 골을 냅니다.

겨우내 얼어 굳은 땅을 헤치는 농부는 손이 부르트고 구부러져도 퇴비와 비료를 뿌리며, 종자를 뿌리기 위한 준비를 쉴 틈 없이 계속합니다. 일 년 삼백육십 날을 흙 만지는 농사 일, 손톱 길 새가 어디 있다고 농사일에 닳고 닳은 손톱 밑, 농약이고 퇴비고 가릴 것 없이 작물을 만지며 아이 키우듯, 잘 자라길 바라는 심정으로 두려움 없이 가꿉니다.

거칠어진 손이 아버지, 어머니 농부의 복된 손이라네. 하루에도 몇 번씩 논밭을 다녀와야 시름을 놓을 농부의 발걸음 소리 따라 작물은 생기를 얻어 확실하게 꽃을 피우고 열매를 맺어 결실의 기쁨을 농부에게 선사합니다. 고단함, 피로감, 병충해 예방, 양분 공급 이 모든 행동은 인내와 성실의 결정체들입니다.

발소리 듣고 무럭무럭 자라는 농작물은 농부의 고단함도 피로감도 잊게 하는 활력소가 됩니다. 거칠어진 손이 작물에 사랑의 손이 되고, 부지런한 걸음걸이가 영글어 충실한 열매가 되어 농부의 기쁨으로 충만함으로 은혜로 보답합니다.

"농자천하지대본"을 다시 한 번 새기고자 합니다.

희망은 날개를 가지고 있다
- 에밀리 디킨슨

희망은 날개를 가지고 있다
희망은 우리의 영혼 속에 머무르면서
가사 없는 노래를 부르며
결코 멈추지 않는다

거센 바람속에서라면 더욱 아름답게 들리리라
바람도 괴로워하리라
하늘을 나는 작은 새를 괴롭힌 일로 해서
폭풍 속을 나는 작은 새는
많은 사람의 마음을 따듯하게 해주었는데

모든 것들이 얼어붙는 추운 나라,
저 멀리 떨어진 바다에서 그 노래를 들었다
그러나 고통 속에 있었으나
한 번이라도
빵 조각을 구걸하는 일은 하지 않았다

에밀리 디킨슨은 [Dickinson, Emily Elizabeth 1830.12.10-1886.5.15] 청교도 가정에서 태어나 여자학원에 입학하였으나 중간에 중퇴하였다. 시(詩) 쓰는 일에 전념하며 평생을 독신으로 보냈다. 그녀의 시는 자연과 사랑을 배경으로 한 죽음과 영원 등의 주제를 많이 다루었다. 그녀가 생존하던 시대에서는 그녀의 시가 파격적인 데가 있었기 때문에 생전에는 인정을 받지 못했으나, 사후에 높이 평가받았다.

내가 좋아하는 고사성어(故事成語)

소탐대실(小貪大失): 부모의 재산을 서로 차지하려고 다투던 자녀들이 결국에는 등을 돌리고 마는 일이 종종 있습니다. 조그만 이익에 집착하지 말고 '의좋은 형제'같이 서로 양보하고 화해하며 의좋게 살아가면 하늘도 복을 내리실 것입니다. 성경복연(誠敬復緣) 우리 형제들의 생활과 같습니다.

마부작침(磨斧作針): '도끼를 갈아서 바늘을 만든다.'로 어떤 일이든 끈기 있게 노력하면 이룰 수 있다는 뜻. 노력과 인내로 성공에 이르는 길입니다. '노력은 성공의 어머니' 오래도록 갈고 닦아야 이룸을 알려줍니다.

인지위덕(忍之爲德): 참고 나아가라. 어려운 일이 부딪쳐도 어긋나지 말고 덕을 쌓아 가라 그러면 잘 될 것입니다.

사정수무(思正愁無): 생각이 바르면 근심이 없다. 언제나 근심을 내려놓고 긍정하는 생각과 행동으로 살아갑시다. 지금 우리 집 가훈입니다.

덕건명립(德建名立): 덕을 쌓으면 이름이 선다. 지난 날 우리 집 가훈입니다.

관산청천(觀山聽泉): 눈을 들어 산을 제대로 살펴보고, 귀를 기울여 샘물 소리를 올바로 들을 수 있어야 사물의 이치를 확실하게 파악할 수 있다는 뜻입니다. 사물의 이치를 확실하게 깨닫고 스스로 대처할 수 있다는 것을 가르쳐줍니다.

오유지족(吾惟知足): 너와 내가 만족하니 더 이상 바랄 것이 없다. 자기 분수를 알고 작은 것에도 만족할 줄 알아야 모든 사람이 고루 행복해집니다. 매사는 순리로 풀어야 합니다.

상선약수(上善若水): 최상의 선은 물과 같다. 다투지 말고 낮은 곳으로 흐르는 겸손의 정신으로 살아갑시다. 자랑하지도 맙시다.

열친척지정화(悅親戚之情話): 귀거래사에 나오는 문구로 "친척들과 정담을 나누며 즐겁게 사는 것"입니다.

遜 志 學 半

松亭 張今燮

학문 하는 태도는 겸손한 마음으로 하고,
가르친다는 것과 배운다는 것도 반반이다.

風 靜 波 安

松亭 張今燮

안   파   쟁   풍
바람이 고요하면 물결이 편안하다.
곧 나라가 바로서면 백성이 편안한법.

5월 가정의 달 생각

5월은 가정의 달로 정하고 어버이 날, 어린이 날, 부부의 날 등 주로 가정에 대해 많은 중요한 행사들로 계획이 있습니다. 가정의 구성은 아버지와 어머니가 있으며, 부부 사이에 자녀가 탄생하며, 형제 관계가 나타나고, 친가와 외가로 관계를 맺고 살아갑니다.

이렇게 우리는 축복 속에 태어나 여러 과정을 거쳐 자랍니다. 부모의 은혜에 대해 생각해 봅시다. "부모의 은혜" 나실 제 괴로움 다 잊으시고 밤낮으로 애쓰시는 부모님 감사합니다.

어버이 살아 실제 섬기일 다 하여라
지나간 후면 애닮다 어찌 하리
평생에 고쳐 못할 일,
이뿐인가 하노라.

- 송강 정철의 시

우리들 대부분은 부모에게 말로 표현하기 어려울 만큼 알게 모르게 사랑을 입고 성장했으나, 가깝다는 이유로 평소에 많은 근심과 걱정을 끼쳤던 것 같습니다. 오늘 여기에 부모 섬기는 열 가지를 기록하오니 뜻이 계신 분들이 함께 실천하면 좋겠습니다.

부모 섬기는 10가지

① 거소(居所) 살고 있는 곳을 편안하게 해드리고(居)
② 마음으로 극진하게 섬기고(致)
③ 바르고 따뜻이 공경하며(敬)
④ 항상 좋은 음식을 봉양하고(養)
⑤ 기쁘고 즐겁게 해드리고(樂)
⑥ 병환이 나시면 지성으로 간호하고 탕약을 해드리고(憂)
⑦ 상사(喪事)를 당하면 슬픈 마음으로 정성을 다하여 모시고(喪)
⑧ 애통(哀痛) 한 마음으로 지난 날 부모가 하시던 일을 생각하고(哀)
⑨ 제사를 맞이하여 과거를 회상하며 어버이의 덕업(德業)을 자손에게 가르치고(祭)
⑩ 엄숙히 청결히 정성껏 모신다.(嚴)

언제나 10 가지를 실행해 보면서 살면 좋겠습니다.

덕목의 말씀

"좋은 사람은 외롭지 않고 어진 사람은 항상 즐겁다 합니다. 언제 어디서나 남을 생각하고 도우면 자기 자신도 이롭게 되어, 언제 어디서나 행복을 누릴 수 있다고 합니다." 그래서 하늘은 스스로 돕는 자를 돕는다고 했나 생각하게 합니다.

"마음이 흔들릴 때도 중심축을 잃지 말고 흔들리지 말아야 해요."

토끼를 잡을 땐 귀를 잡아야 하고, 닭을 잡을 땐 날개를 잡아야 하고, 고양이를 잡을 땐 목덜미를 잡아야 되지만 사람은 어디를 잡아야 하나요? 멱살을 잡히면 손을 잡으면 뿌리치지요. 그럼 어디를? [마음을 잡아 봐요!!!] 마음을 잡으면 "평생 떠나지 않는다고 합니다." 가까이 있는 사람의 마음을 잡도록 열정을 구하려 노력합시다. "마음이 잘 통하면 천하도 통한다고 합니다. 내 마음이 날카로운 칼이라면, 상대방의 방패는 철판으로 응수하고, 내 마음이 날아가는 화살이라면, 상대방의 방패는 가죽 방패로 응수한답니다.

내 마음이 햇살처럼 부드럽고 따스하면, 상대방도 가슴을 열고 따스함의 햇볕을 쪼이려고 하겠지요! 내 마음이 시리도록 차가운 바람이라면, 상대방도 추워서 마음의 문을 닫고 온도가 내려갈 겁니다. 서로가 따스하게 온도를 맞추어야 하겠습니다.

내가 이웃으로 보이는 떡이 커야, 이웃의 떡도 큰 접시를 준비하고 담을 수 있을 겁니다. 진심으로 서로 믿고 바라며 사랑하면 이루어진다고 합니다. 아셨죠?

꿈을 실현하는 3원칙

그 꿈을 이루고자 간절하고 절실함이 있어야 하고,
그 꿈은 반드시 이루어지리라는 믿음이 있어야 하며,
그 꿈은 현실에서 이미 이루어진 것처럼 생생하게 느끼는
상상력이 있어야 한다.

꿈을 실현하는 4가지 도구

간절히 원하는 것을 적어라 / Bucket List
스스로에게 운명을 바꾸는 말을 자성예언 하라 / Self-Fulfilling Prophecy
원하는 것을 생생히 상상하는 시각화 / Visualization
간절한 욕망과 생생한 상상력을 자극하는 스마트폰 보물지도 / Smart Phone Treasure Map

간절히 원하고, 꿈을 적고, 행동하고, 예언하며, 현실로 이루어질 것을 시각화하며, 스마트폰을 이용해 필요한 자료를 수집하면 꿈은 현실이 된다고 해요

우리 사는 것이 순간의 선택

시계만을 수리하면서 살아온 시계 판매상이 있었습니다. 이 시계방 주인은 자기 아들에게 주기 위해 정성스레 시계를 만들었습니다. 시계 방 주인은 아들한테 줄 시계의 초(秒)침을 황금으로 빚었고, 분(分)침은 은으로, 시(時)침은 동으로 만들었다고 합니다.

곁에서 보고 있던 아들이 여쭈어 보았습니다. "아버지, 시침을 황금으로 하고, 분침을 은으로 하고 초침을 동으로 빚어야 하지 않을까요?"

시계방 주인은 말했습니다. "아니다, 초침이 가는 것이야말로 황금의 길이다. 초를 허비하면 황금을 잃은 것이다."

그리고 분침이 가는 것은 은이 가는 것이다. 분을 아끼는 사람은 그나마 은 정도는 모으게 돼. 하지만 시침을 가지고 말하는 사람은 3등 밖에 하지 못한단다.

그의 아들이 대꾸했습니다. "아니 초(秒)가 모여서 분(分)이 되고, 분이 모여서 시(時)가 되는데 어떻게 그렇게 등급이 나올 수 있지요?"

시계방 주인이 말했습니다. "네가 말한 것은 시간의 공식일 뿐이다. 초를 아끼지 않는 사람한테 어떻게 분이 있을 수 있으며 시간이 있을 수 있겠느냐? 내가 말한 것은 시간 소비에 대한 등급이다."

시계방 주인은 아들 손목에 황금 초침 시계를 채워 주면서 말했습니다.

"이 세상의 변화는 초침에 맞추어지고 있다는 것을 잊지 말아라. 동과 은과 금의 나뉨은 초를 어떻게 쓰느냐에 달려 있는 것이야."

이래서 "시간은 금이다"라는 금언이 있는 것 같습니다.

공평하게 주어진 시간

하느님은 우리 인간에게 가장 공평하게 시간을 은총으로 내려 주었습니다. 우리가 사는 세상에는 불공평하고 불공정한 일로 인해 혼란에 빠지기도 합니다. 학력, 혈연, 지연, 계층, 정상인과 비정상인, 잘난 사람과 못난 사람 등 불공평하게 작용하는 내용들로부터 해결해야 할 과제들입니다. 인간들이 정한 각종 규약과 규제로 사람들의 생활이 부자연스럽다면 사람들의 생활에 편리하게 개선해야 할 것입니다.

시간은 누구에게나 공평하게 주어졌으며 각자 맡은 바 영역에서 시간 계획을 세워 시간을 낭비하지 말고 선용해야 뜻 있는 생활을 합니다. 즉, 직업별로 역할별로 자유와 권리에 따르는 책임과 의무를 다해야 합니다.

농부는 씨를 뿌리고 비료를 주고 잡초를 제거하며 물을 대고 해충을 없애는 모든 과정의 시간은 시기를 잘 맞추어 해야 합니다. 수확할 때까지 수많은 시간을 나누어 효율적으로 사용해야 합니다. 밀가루로 만두, 국수를 만들고 쌀가루로 경단, 송편, 절편을 만드는 것처럼 똑같은 24시간을 가치와 효용을 생각하며 이치에 어울리게 선용해야 합니다.

3월 학년 시작하는 날, 한 학년씩 진급하며 올라가는 학생은 새로운 다짐과 각오를 통해 새로이 출발하는 계기로 삼아야 할 것입니다. 학생, 학부모, 교사는 삼위일체를 유지하면 바람직합니다. 내일에 희망 나무를 올바르게 키워 가야 할 시기이기 때문입니다. 학년 반이 다르나 학교의 전체 교육 계획은 학생 전교생과 교사들의 시작이나 끝이 공통성을 유지하는 통합 시스템이 있어야 하기 때문입니다.

누구나 의무 교육을 받는 일, 병역 의무를 마쳐야 할 일, 세금을 납부
하는 일, 성실하게 일하면서 살아가야 할 일, 이런 의무 이행도 연령과
시작과 끝이 공정성을 기하고 기회가 공평하게 적용되어야 할 일입니
다. 나라가 안전하고 근로자가 일자리를 바로 잡아 일터에서 성실하게
일할 때 봉사가 필요한 이들은 봉사 현장에서 시간을 선용할 때 행복
하고 복된 건강한 우리 세상이 될 것입니다.

일일 근로 시간을 언급하며 주간 근로 시간, 월간 시간, 연간 근로 시
간을 따지면서 시급, 일급, 주급, 월급을 고용주와 피고용자가 언쟁하
는 현실은 '시간은 돈'이란 공식이 적용되는 것을 뜻합니다1. 일한 성과
가 높거나 오랜 기간 수련한 수련공은 보수를 더 받는 것이 공평한 대
우라 할 수 있습니다.

금년은 누구에게나 기회가 균등하게 주어진 '시간 같이' 공평한 내일
이 전개되었으면 하며, 하느님의 진리를 따르면서 더 보람차고 값진 미
래의 시간을 보람차게 사용하면 좋겠습니다.

24시간 이야기

시간의 흐름에 참된 가치를 이해하고, 안 사람들은 한 마음 한 뜻으로 인생을 허투루 살지 아니했으며, 시간 계획을 작성해서 계획적이고 의도적으로 살기에 자기가 목적하는 일을 달성하기에 충분한 사람들입니다. 그 분들의 참 모습을 닮고 싶습니다.

하루는 24시간, 한 주는 7일, 한 달은 큰 달은 31일, 1년은 365일 이렇게 정해져 있으며 봄, 여름, 가을, 겨울 계절이 순환합니다. "시간은 금이다."라는 말이 있습니다. 하루 24시간의 참된 가치를 알아야 하고, 붙잡기 위한 노력이나 공을 들여야 하며, 억류하라고 말한 이들도 있습니다. 그리고 순간순간을 즐기라고 조언도 합니다. 다른 이들은 시간이란 우물거리고 머뭇거리는 순간, 화살처럼 달아나 버린다고도 이야기합니다. "오늘 할 수 있는 일을 내일로 미루지 마라." 오늘은 현재지만 내일은 과거다. 이 같은 유명인사들의 이야기는 시간을 금과옥조로 할애해서 뜻을 성취한 분들의 시간 사용을 잘 하라는 예언인 것입니다.

여기서 어느 시계방 주인과 아들의 시계 만드는 이야기를 통해서 가장 기초적인 이야기를 하려고 합니다. 먼저 이 시계 판매상은 평생을 시계를 수리했고, 시계를 고쳐서 팔았습니다. 그러던 어느 날은 자기의 아들에게 선물로 주기 위해 정성스럽게 시계를 만들었습니다. 아버지는 아들에게 줄 시계의 초(秒)침을 황금으로 빚었고, 분(分)침은 은으로, 시(時)침은 동으로 만들었다고 합니다.

그 모습을 유심히 지켜본 아들이 여쭈어 보았습니다. "아버지, 시침은 황금으로 하고, 분침은 은으로 하고 초침은 동으로 빚어야 하지 않을까요?"라고 말했습니다. 시계방 주인 아버지는 말했습니다. "아니다, 초침이 가는 것이야말로 황금의 길이다. 초를 허비하면 황금을 잃은 것이다." 그리고 분침이 가는 것은 은이 가는 것이다. "분 정도 아끼는 사람은 그나마 은 정도는 모으게 돼. 하지만 시침을 가지고 말하는 사람은 3등 밖에 하지 못한단다."

그의 아들이 대꾸했습니다. "아니, 초(秒)가 모여서 분(分)이 되고, 분이 모여서 시(時)가 되는데 어떻게 그런 등급이 나올 수 있지요?" 아버지는 말했습니다. "네가 말한 것은 공식일 뿐이다. 초를 아끼지 않는 사람한테 어떻게 분이 있을 수 있으며, 시간이 있을 수 있겠느냐? 내가 말한 것은 시간 소비에 대한 등급이다."

시계방 아버지는 아들 손목에 황금 초침 시계를 채워 주면서 말했습니다. "이 세상의 변화는 초침에 맞추어지고 있다는 것을 잊지 말아라. 동(銅), 은(銀), 황금(黃金)의 나뉨은 초(秒)를 어떻게 쓰느냐에 달려 있는 것이야. 일촌광음불가경(一寸光陰不可經)이라 촌음부터 분, 시 단위로 누가, 언제, 어디서, 무엇을, 왜, 어떻게 해야 할 것인 궁리하고 실천해서, 인생을 알차게, 신명나게, 새롭게 살라는 경종을 울리는 것과 같습니다. 늘 염두에 두고 살도록 할 것입니다."

정형(定型)화 탈피(脫皮)

인간 생활이 표준화, 규격화, 정형화, 계량화, 규범화로 살아가고 있습니다. 인간 생활이 태초에는 동그라미를 그려놓고 원 밖으로 나가면 약속을 어긴 것으로 했다고 합니다. 그런데 오늘날은 인구가 많아지고 의식주가 다양해지면서 사람들의 취향과 욕구가 복잡 다양화되어 원칙이나 기준이 필요한 조건으로 정형화되어 가고 있습니다. 그 기준에 맞게 살아가려면 수많은 지식이나 상식을 배우고 터득해야 하므로 세상사는 일이 표준화로 인해 자연스럽지 못하고 벗어나고 도망가서 훌훌 털어 버리고 싶은 마음이 작용합니다. 이런 조직화되고 규격에 맞춘 생활을 하려니 개인적으로 스트레스가 쌓이고 질병이 많아지며 탈피하고픈 생각이 드는 것은 어쩌면 당연한 일 같습니다.

또 같은 아파트의 주거 공간이며, 직장 따라 똑같은 옷을 입고, 공동 주차를 하면서 아파트 관리인이 주차공간에 야시장을 개설하면 개인의 주차 공간에 차를 못 주차하는 불편함이 발생합니다. 공동 주택 관리 규약을 작성해 아파트에 사는 개인의 공간이 경우에 따라서 피해를 입어도 말 못하는 경우도 종종 발생하고, 이런 틀에 제약을 받고 살기 때문에 경우에 따라 사생활을 침해당하고 살아갑니다. 아파트 내 소음, 알림 방송도 사생활에 장애가 되므로 너무 자주 하지 말아야 하며, 누가 주인인지 생각해서 안내 방송하면 좋겠습니다.

어린 아이가 있는 아파트에서는 뛰고 싶어도 마음대로 움직이지 못하게 통제하니 심리적인 압박이 될 수밖에 없습니다. 정형화와 규격화는 사람들의 개성, 특기, 적성을 신장시킬 수 없다는 연구 보고서에도 나타나 있습니다. 바람직한 인간은 전인교육으로 이루어집니다. 지(知), 덕(德), 체(體), 기(技)의 고른 성장과 촉진을 하면서 탈피해야 합니다.

탈피는 깨고 스스로 나오는 병아리가 세상에 나오는 행위입니다. 과거의 인간답지 못한 말과 행동, 생각은 과감하게 혁신하고 깨부수어야 혁신 성장할 수 있게 됩니다. 과거의 부정부패를 척결하며 새로운 사고와 혁신을 통해서 개인, 가정, 사회, 나라가 자주적 독립적으로 약속을 지켜야 하고, 신뢰와 정의가 바로 선 세상을 구현해야 할 것입니다. 우리는 우리의 고유 미풍양식을 이어가며, 혼란스러운 정체성도 확립해야 합니다. 자유에 따른 권리와 의무는 확실하게 법과 제도를 지켜야 하지만 개인의 인권이나 자유는 열린 사고를 해야 합니다.

돈이 문제가 되고 독이 될 수도

돈이 뭐길래 사람들은 그렇게 돈 벌이에 신경을 쓰면서 살아가는지!

천 원을 가진 이는 만 원을, 백만 원을 가진 이는 억을 가지려고 노력하면서 살아갑니다. "바다는 메워도 사람의 욕심은 못 메운다"는 말처럼, 끝없는 욕심으로 인해 사람의 가치는 돈이 많고 적음으로 평가 절하되고 있습니다. 그 가장 가까운 예가 세월호 참사입니다. 배에 무리하게 화물을 실어 평형수가 균형을 잃어 고귀한 생명이 죽어간 사건이었습니다. 이 사건 역시 돈이 되는 화물을 과적했기 때문이며, 사람의 생명이 무시된 것입니다.

중년 남자들이 농담 삼아 "어디 돈 많은 과부 없나" 하거나 결혼 시기에 있는 여자들이 가장 좋은 신랑감을 돈 많은 사람으로 찾는다고 합니다. 돈이 없으면 사람의 기본인 결혼도 할 수 없고, 그로 인해 인간 생활에 여러 가지 문제가 일어나고 있습니다. 가정이나 사회가 성립되지 못하고 나라의 기반도 흔들리게 됩니다.

돈은 사람이 만들었지만, 돈이나 재산이 사람 위에 주인 노릇을 해서는 안 됩니다. 그러나 현실은 그렇지 않아 가진 것 없는 이들의 현실을 슬프게 합니다. 돈은 편리하게 이용할 수단일 뿐인데, 목적이 되어가는 현실을 부정해야 합니다. 돈이 있으면 뭐든지 다 할 수 있다는 돈의 노예들 때문에 인간의 자리가 위협받고 있습니다. 아무리 돈과 재산을 가지려 욕심을 부려도 큰 부자는 하늘이 준다고 합니다. 이유는 "돈 없고 배경 없는 사람들에게 베풀라고" 준 것이니, 음밀한 곳에 쌓아 놓지 말고 투자해야 가치 있게 쓸 수 있습니다. 그래야 인체에 피가 흐르듯 순환되어 모든 사람이 잘 살 수 있습니다.

지금부터는 돈 버는 방법에 대해 이야기하고자 합니다. 땀 흘려 벌고, 정당하게 벌고, 능력에 맞게 벌어야 합니다. 불법, 탈법으로 부정하게 번 재산은 오래가지 못합니다. 왜냐하면 '쉽게 번 돈은 쉽게 나가기' 때문입니다. 이것이 순리입니다.

가치 있게 많은 재산과 돈을 벌었다면 어떻게 쓸까요? 잘 써야 합니다. 미국의 록펠러나 카네기 같은 재벌들은 오랜 기간 건재합니다. 왜 오랜 기간 건재할까요? 우리나라 인재들도 그 재단의 도움이 있었고, 전쟁 미망인, 고아원, 양로원, 장애인 시설에 지원금을 주었으며 많은 도움이 필요한 사람들에게 혜택을 주었기 때문입니다. 모든 사람이 피땀흘려 번 돈이나 재산을 인류의 복지를 위해 가치 있게 사용했기 때문입니다.

그런데 일부 우리나라 큰 기업주와 재벌들, 고위 공직자들은 어떤가요?

우선 재벌들이 일자리도 만들고 중소기업과 협업도 하고 자금이 필요한 이들에게 투자를 해야 하는데, 미온적입니다. 그리고 많은 자산을 저축했거나 해외로 빼돌려 서류 기업을 만들고 있기 때문에 못 사는 사람은 더욱 잘 살 수 없게 됩니다.

재벌들이 근로자들과 협심해 번 만큼 비율로 세금을 납부해야 합니다. 고위 공직자들도 과도하게 자신들의 이익 챙기는 일에 몰두하지 말고, 국민들의 눈높이에 맞게 납세하며 사회 복지를 위해 복지 기금을 넉넉하게 내야 합니다.

해외 재산이나 돈을 숨기고 사는 사람들을 추적해 우리 국민 모두가 잘 사는 나라가 되도록 세금 징수법을 강화해야 할 것입니다.

사람들은 돈 욕심이 그렇게 인간을 타락시키고 부모 자식도 사랑하는 사람도 모르게 만드는지 성찰해야 할 때입니다.

수백 억을 가진 이도 사람이 죽을 때는 빈손으로 왔다 빈손으로 가는 것, 과도한 욕심 부리지 말고 많이 가졌거나 누린 자들이 나누고 베풀면서 살아가면 그런 생활이 보람된 참살이입니다.

"인생은 나그네 길, 어디서 왔다가 어디로 가는가?" 구름처럼 바람처럼 속세에 얽매이지 말고 있는 걸 잘 사용하며 TV, 라디오, 신문 각종 매체에 이름 남기면서 가치 있게 보람차게 살아가는 사람들이 됩시다. 그래야 돈이 돌이 아니고 독이 아닌 금과옥조가 될 것입니다.

진정으로 돈은 인류에 행복의 에너지가 됩니다. 그러나 돈 많은 2세들은 선조들이 어떻게 번 돈인지 참의를 몰라 마약 사용이나 갑질로 세인들의 눈살을 찌푸리게 합니다. 세 살짜리 손자에게 집과 재산을 상속하며 비난을 받아선 옳지 못합니다. 돈이 돌이 되는 어리석은 자들을 일깨워 줍시다.

마음의 길, 눈 뜨자

스쳐 가는 것이 한둘이 아닙니다. 바람도, 사랑도, 그리움도, 고통도, 마음도 때로는 슬픔까지도 스쳐서 갔겠지요. 그리움은 그리움대로 놔두고, 사랑은 사랑대로 놔두고, 슬픔은 슬픔대로 놔두고, 가야 할 길을 가야겠지요. 그렇지 않으면 돌부리에 넘어지고, 그리움에, 사랑에, 마음에, 슬픔에 넘어지고 말겠지요. 낙엽 진 산길을 거닐다 보면 압니다. 우리가 걸어온 길이 꽃길만이 아니라는 걸. 정상 길, 둘레 길, 강 길, 자갈길, 바닷길, 공중 길을 거닐었고, 공중 길도 다 지났건만 그대는 지금 어디로 가고 있나요? 봄 길, 여름 길, 가을 길도 다 지나서 지금은 어디쯤 가고 있나요?

눈으로 보이는 길은 그래도 어렵다고 하지만, 그래도 함께 걸을 수 있으니 다행입니다. 마음의 눈길은 쉽지 않아 한 길을 가야 합니다. 지금은 마음의 길을 끝없이 걸어야 합니다. 부모님과의 길, 가족과의 길, 형제자매와의 길, 자녀와의 길, 친구와의 길, 모두가 다른 길인 것 같으면서도 전부가 비슷하거나 같은 길을 걸어갑니다. 어쩌면 영원한 것 같은 길 같지만, 영원하지 않고, 세상과 인생은 다 큰 길이 되기도 합니다. 이런 길도 내가 있을 때만 가능한 일입니다. 부모와의 이별, 가족과의 이별, 자녀와의 이별, 친지들과의 이별, 친구와의 이별도 다른 것 같은 내 안의 슬픔과 고통입니다. 시련이며, 은혜입니다. 우리 친구님들 건강할 때 걸을 수 있을 때, 보고 싶을 때 서로 만나서 좋은 추억, 아름다운 인간관계를 이어가시지 않겠습니까? 산다는 건 별거 아닌 듯싶습니다. 내가 있어야 하고, 건강해야 하고, 즐거워야 사회나 세상도 존재합니다. 떠난 뒤에는 남는 건 아무것도 없습니다. 살아 있을 때, 일상을 균형 있게 살고, 인생을 행복하게 살 수 있도록 그동안 못다 한 사랑도, 취미 생활도, 여행도 다니면서 살아갑시다.

푸시킨과 소경 걸인(乞人)

생활이 그대를 속일지라도 슬퍼하거나 노여워하지 말라, 슬픔의 날을 참고 견디면 즐거운 날이 오리니. 마음은 미래에 사는 것, 현재는 항상 슬픈 것, 모든 것은 일순간에 지나간다.

지나간 것은 다시 그리워지는 것이니라. 이 시(詩)는 러시아 시인이자 소설가인 알렉산드르 푸시킨의 일화입니다.

그는 모스크바 광장에서 한 소경 걸인을 발견했습니다. 한겨울인데도 걸인은 얇은 누더기를 걸치고 있었습니다. 그는 광장 구석에 웅크리고 앉아 벌벌 떨고 있다가 사람들의 발소리가 나면 "한 푼 줍쇼, 얼어 죽게 생겼습니다." 하면서 구걸을 했습니다. 그런 사람들이 너무 많아서 특별히 동정의 눈길을 보내는 사람들은 없었습니다.

그러나 푸시킨만은 줄곧 그를 주의 깊게 지켜보다가 이렇게 말했습니다. "나 역시 가난한 형편이라 그대에게 줄 돈은 없소. 대신 글씨 몇 자를 써서 주겠소. 그걸 몸에 붙이고 있으면 좋은 일이 있을 거요." 그리고 글씨를 써주고 사라졌습니다.

며칠 후 푸시킨은 친구와 함께 다시 모스크바 광장에 나갔는데, 그 소경 걸인이 어떻게 알았는지 불쑥 손을 내밀며 그의 다리를 붙잡았습니다. "나리 목소리를 들으니 며칠 전에 저에게 글씨를 써준 분이 분명하군요. 하나님이 도와서 이렇게 좋은 분을 만나게 해 주셨나 봅니다. 그 종이를 붙였더니 그날부터 깡통에 많은 돈이 쌓였답니다." 하고 써준 그 글씨 내용을 물어보았더니 "별거 아닙니다. 겨울이 왔으니, 봄도 멀지 않으리라." 썼습니다.

사람들은 이 걸인을 보고 느꼈을 것입니다. 지금은 비록 처참한 날들을 보내고 있지만 희망을 잃지 않은 사람이란 걸, 봄을 기다리고 있던 사람을 도와주어야겠다는 생각을 했던 것입니다. 우리들의 비루한 삶! 그런 생활을 담담히 받아들이면서도 미래의 기쁜 날을 향한 소망을 간직할 것을 일깨워준 일화(逸話)입니다.

이 일화의 요점은 신체 장애인은 우리 평범한 사람들이 함께 살아갈 수 있도록 도우면서 살아야 함을 일깨우고 있습니다.

인정과 존경

사람이 세상을 살면서 존경과 인정을 받는 사실이 매우 바라는 사항이고 누구든 그렇게 살기를 희망합니다. 가정이나 이웃 사회생활에서 두루 사람들에게 인정받기를 바랍니다. 그런데 왜 그렇게 되지 못할까요? 여러 가지 이유가 있겠지만 첫째는 각자의 자리에서 믿음을 주지 못하기 때문입니다. 둘째는 약속을 지키지 않기 때문입니다. 셋째는 사람과 관계에서 자유에는 책임이 있고 마땅히 그에 따른 의무가 있습니다. 그런데 자유만 외치면서 의무는 수행하지 않고 권리만 주장하기 때문에 서로 간에 불신이 싹트고 믿을 수 없는 관계로 이어지기 때문입니다.

가정에서는 부모가 자녀들에게 사랑과 믿음을 줘야 하며, 이웃을 사랑하고 세상 사람을 서로 믿고 사랑하면 지도자들도 언행(言行)에 일치를 보이고 지키면 세상은 정의롭고 공정하게 모두가 평화를 이루면서 행복하게 지낼 것입니다. 국민의 대변자요, 권력의 핵심에 있는 분들도 나무 한 그루만 보지 말고 숲을 보는 아량과 지혜와 역량을 발휘한다면 존경과 인정을 받는 지도자가 될 것입니다. 법을 만드는 입법부도, 법을 지키게 하는 사법부도, 만들어진 법을 실행하는 행정부도 엄정하게 지키고 행하는 역량이 절실합니다.

나라의 법과 제도는 누가 만들었습니까? 결국 우리 사람들이 사회생활의 다수의 공익을 위해 만들었습니다. 사회가 다양화, 복잡화되어 가기에 만들어진 규칙과 약속이 더 복잡하고 미묘한 수많은 직업과 다양한 사람들의 사고가 얽히고설킨 세상에서 가장 중요한 사실은 진실이 결여되면 존경도 인정도 받을 수 없습니다. 특별히 언행일치의 생활이 요체가 됩니다.

모든 사람들은 대부분 자기의 생각과 좀 다르더라도, 그리고 원칙과 신념이 차이가 있어도 인간 공동의 이익과 번영, 평화가 보장된다면 그런 약속을 지키는 사람들을 신뢰하며 따르게 됩니다. 약속을 헌신짝처럼 던지면 누구도 신뢰하거나 존경, 존중하지 않습니다.

지위가 있건 없건, 잘났건 못났건, 많이 배운 자건 못 배운 자건, 돈이 있건 없건 별 상관없이 존중받고 인정받으려면 우선 신용부터 회복해야 합니다. 이렇게 되려면 우선 내가 상대방을 인정하고 믿어주며, 존중해야 돌아오는 메아리처럼 자신도 인정과 존경을 받을 수 있게 됩니다. 마음의 힘, 마음이 바르면 근심 걱정이 없습니다. 그리고 긍정하고 내가 상대를 진실로 믿고 따를 때 상대 또한 나를 믿고 열린 마음으로 상호 교환 작용이 이루어질 수 있을 것입니다. 의식, 잠재의식을 설명하면 의식은 생각하는 마음이고, 잠재의식은 생각을 행동으로 실천하는 행동입니다. 비유하면 의식은 씨앗이요, 잠재의식은 토양에 비유될 수 있습니다.

남에게 대접 받고자 하거든 먼저 남을 대접하라 성경 구절에도 있습니다. 인간의 존엄과 가치를 진실로 인정하고 대접할 때 누구든 서로 공평하게 사랑할 때 인정받고 가치와 존경받는 인간으로 살아갈 수 있음을 알리고자 합니다.

거짓과 허울 좋은 미사여구로는, 그리고 약속을 지키지 않는 집단은 언젠가는 수많은 사람들에게 인정과 존경을 받을 수 없습니다. 바르고 진실한 사람들의 목소리와 약속이 잘 지켜지는 세상은 번영하고 발전하게 되며 단합하고 소통하는 우리 모두가 승리자가 되는 세상을 원합니다. 이런 세상이 누구나 인정받는, 그래서 행복한 인간 세상이 될 것입니다.

과욕은 실패의 근원

과욕은 실패의 근원입니다. 누군가 출세했다고 큰소리 뻥뻥 치고 기고 만장해도 일순간에 불과합니다. 현재 우리나라 최고의 지도자들의 만 료가 어떤지 살펴보면 알 수 있기 때문이지요. 과연 무엇이 잘못된 것일까요? 이 정도로 언급을 마치고 계속 주제에 접근하려 합니다. 물건과 금전에 대한 과욕은 어떻게 될까요? 별거 아닙니다. 출세란 사람들이 이 세상에 건강하게 태어나면 이미 우리는 출생도 출세도 했는데 말입니다.

그런 사실도 모르고 닭이 높은 지붕 위에 올라서서 회를 치고 큰 소리로 울어대면 자기를 과시하는 것 같은 행동과 비슷하다고 생각됩니다. 우리를 이 세상에 내신 조물주께서는 모든 인간에게 공평하게 사명을 주었습니다. 그 사명감이 천태만상(千態萬象)입니다. 우선은 인간으로 태어나게 해 주신 은혜이며, 다음은 생각하고 말하며 행동하게 은 총을 주었습니다. 또 다른 은혜는 사람마다 개성과 특기, 적성, 생김새, 하는 일이 다른 독특함을 주었습니다. 이렇게 공통점도 다른 점도 은 혜로 공정하게 주었습니다. 그리고 누구도 알 수 없는 마음도 생각도 자유롭게 허락하였습니다.

이렇게 귀중한 사명과 자유를 은총으로 그저 받았으니 정도(正道)로 살아야 하는데 인간들의 현실 삶에서 많은 문제들이 일어나는 것은 과연 무엇일까요? 내 생각은 더하기, 빼기, 곱하기, 나누기가 비정상적으로 행해지기 때문이라 생각합니다.

권력의 비정상 쟁취, 불법 부당한 재산 증식, 기득권층의 횡포 이외에도 있겠지만 더 큰 원인은 욕정이나 과욕이 근본 원인이라 봅니다. 이를 해결하는 방법은 참 간단합니다. 권력층, 부당하게 더한 재산, 찬탈한 기득권층, 이 후세를 위하여 빼고, 내려놓고, 선익을 더하고, 곱하고, 가진 것을 나누면 될 것입니다.

화무십일홍, 꽃피고 노래하는 기쁨도 짧고, 권불십년(權不十年)이라 했듯이 있을 때 선정하고 끝마침을 잘해야 합니다. 그런데 우리 지도자 일부는 어떠합니까? 불명예로 슬프고 비참하게 막을 내리니 안타깝습니다. 이런 사실들이 모두 과욕이 부른 참상입니다.

세상에는 할 일이 천태만상입니다. 꼭 권력만 잡고 살아야 합니까? 능력 따라 양심 따라 자기 하는 일에 자부심과 긍지를 갖고 당당하게 살면 될 것 같습니다.

모든 어려운 이들과 나누고, 더하고, 비우며, 기쁨과 사랑은 곱하면서 보람 있고 가치 있게 온 국민이 평화롭게 잘 살아가는 나라가 되기를 희망합니다.

이 세상은 현재의 우리 사는 세상만이 아닙니다. 미래 세대들이 꿈과 희망이 자라는 평화롭고 부강한 나라를 물려줄 길이란 사실을 결코 잊지 말아야 합니다.

희망의 나라, 더 살기 좋은 나라, 행복한 미래를 위하여 다 함께 단결합시다.

말씨와 품격

말에도 품격이 있습니다. 충실한 씨앗이 잘 자라서 좋은 열매를 맺어 수확에 이르듯, 말은 품격을 나타냅니다.

말씨, 말씀, 말투 이렇게 구분해 각각 어감이 다르고 듣기에도 다른 점을 알 수 있는 것이 가치 있는 말씨지요. 같은 말이라도 듣는 이가 어떤 말투로 던지느냐에 따라서 기분이 좋고 나쁘며, 웃기도 하고, 화가 나며 감정이 폭발하여 상대와 싸우기도 합니다. "말 한 마디로 천 냥 빚을 갚는다"는 말처럼, 품격이 있고 말씨가 고우면 상대방의 감정을 자극하지 않아 평안하고 원활한 대화로 이어진다는 뜻을 전합니다.

말을 잘 한다는 것은 상냥하고 재미가 있어야 하며, 공감이 가고 뜻이 분명해야 하며 화자와 청자 간에 원만하게 이해가 잘 되는 말입니다. 그러므로 이해되고 설득이 되는 그런 말씨가 품격이 있는 말씨라 할 수 있습니다.

매년 정초에는 대부분 집안 대청소를 하고, 대문에 입춘대길(立春大吉), 건양다경(建陽多慶) 붓글씨들을 써 붙여 눈에 들어옵니다.

주로 시골 집 대문이나 민속촌 대문, 집 문언저리에 써 붙어 있으며, 봄은 만물이 소생하는 약동의 계절로 입춘대길 새 봄을 맞아 집안에 경사스런 좋은 일만 있기를 바라고 염원하는 뜻이 들어 있습니다.

건강하고 더 좋은 일을 염원하는 조상들의 지혜의 샘이랍니다. 우리 집에서도 입춘대길, 건양다경의 성어를 쓰기는 했지만 게시 여건상 붙이지는 않았습니다. 하지만 봄은 언제나 좋은 일이 있기를 기다리고 하는 일마다 잘 되기를 바라는 선조들의 지혜는 뜻이 깊고 심오합니다. 어느 가정이나 평화롭고 밝고 생기 있는 소망의 글귀가 아닌지! 사려 깊게 감동적인 느낌이 듭니다. 이런 글귀를 볼 때면 옛 정취와 동시에 조상들의 가르침과 교훈, 부모 형제의 아련한 추억을 떠올리게 됩니다.

말에 씨가 있듯이 속담이나 성어에도 품격이 깃들어 있습니다. 말이란 살아서 움직이는 힘이 작용하며 바른 말, 고운 말, 예사 말, 높임 말, 일상 언어가 적재적소에 사용되어야 합니다. 축복의 말, 덕담, 생활상에 자연스럽게 사용하는 말씨를 선별해 사용하면 좋겠습니다. 고맙습니다, 감사합니다, 수고했어요, 안녕히 계세요, 죄송합니다와 같은 곱고 바른 말씨를 사용하여 품위를 더해 살아가면 좋겠습니다.

때에 따른 적절한 말을 써야 하고 잘못했을 때는 죄송합니다, 미안합니다와 같은 사과의 말을 사용해 평소에 친분이 흐트러지지 않게 노력해야 합니다. 좋은 글, 본이 되는 글, 좋은 생각은 살아가는데 긍정의 활력소가 됩니다.

명절에 새해 인사를 나누면서 덕담, 음식도 나누면서 미풍양속을 이어가면 좋겠습니다. 높임말, 바른 말, 고운 말, 예사말을 대상에 따라 적절하게 선별해 사용하면서 모두가 행복해지는 긍정의 말씨를 잘 사용해 행복을 부르고 기쁨을 주는, 긍정의 말씨를 심어야 하지 않을까 권장하고 싶습니다.

말하기는 쉬우나 행하기는 어렵다.

말하기는 쉽고 행하기는 어렵다는 말이 있습니다. 세상일이 모두 말하기는 쉬우나 실제로 행하기는 어렵다는 뜻입니다. 약속을 하고 지키지 않는 사람은 다른 사람으로부터 믿음을 잃게 됩니다.

또 주위에 있는 사람들이 상대해 주지 않습니다. 더구나 정직한 사람은 그런 사람을 아주 싫어합니다. 그래서 예부터 복 있는 사람은 한 번 약속한 것은 비록 자기에게 해로울지라도 꼭 지키는 사람이라고 했습니다.

신라의 장군 김유신이 화랑으로 있을 때의 일입니다. 그는 한때 술을 마시고 놀기를 좋아하여 천관이라는 어린 기생과 가까이 지냈습니다. 그의 어머니 만명 부인이 그 사실을 알고 "삼국 통일의 과업을 어깨에 맨 네가 화랑으로서 그렇게 방황하면 되겠는가?" 하고 꾸짖자, 김유신은 깊이 반성하고 천관의 집과 발길을 끊었습니다. 그런데 어느 날 그가 말 위에서 졸며 집으로 갈 때 말이 전처럼 천관의 집에 머문 것을 알자 말의 목을 베어 어머니와의 약속을 지켰다고 합니다.

우리는 항상 다른 사람과 어울려 생활하면서 여러 가지 약속을 하게 됩니다. 서로 약속을 지키지 않는다면 어떻게 되겠습니까? 서로 믿을 수 없으며 작은 일에 충실할 수 없는 사람은 큰일도 할 수 없습니다. 작은 약속이라도 꼭 잘 지켜서 믿음직한 신용 세상이 이루어지면 좋겠습니다. 공공의 이익에 부합되는 공약(公約)이 지켜져야 합니다.

인생의 3대 관리

인생에서 중요한 세 가지 관리는 건강 관리, 시간 관리, 금전 관리입니다.

1. 건강 관리

건강을 유지하기 위해서는 과음, 과식, 과로를 피해야 합니다. 과욕을 피하는 것도 중요합니다.

2. 시간 관리

인간에게 공평하게 주어진 것은 시간과 죽음입니다. 시간에는 특권도, 특혜도, 비리도 용납되지 않습니다.

3. 금전 관리

돈을 정당하게 벌어야 오래 갑니다. 돈은 바다와 같아서 욕심도 명예도 빠져서 떠오르지 않습니다. 큰 소리 칠 때는 진리가 침묵한다는 영국 속담도 있습니다. 우리는 최대 다수의 최대 행복을 추구하여 사회를 만들기 위해 베풀고 나누어 가질 줄 알아야 합니다. 돈은 비료와 같아서 살포하지 않으면 소용이 없습니다.

세 손가락

사람들은 누구를 흉보거나 사물을 가리킬 때 손가락을 사용합니다. 하지만 손가락 하나가 남을 가리킬 때 나머지 세 손가락이 자기를 향하고 있다는 걸 깨닫는 사람은 없는 것 같습니다. 가만히 생각하면 우리는 그 사람 앞에서는 웃는 얼굴로 대하지만 뒤에서는 마구 헐뜯고 흉을 봅니다.

사람들이 모여 앉아서 가장 하기 쉬운 일이 남의 이야기이고 칭찬보다 험담이 재미있는 것도 사실입니다. 남의 잘못을 들추고 비밀을 밝히는 것은 단순한 즐거움만이 아니라 그것을 통해서 자신을 돌이켜 볼 수도 있겠지요. 그런데 한번 생각해 봅시다.

우리가 흉보고 헐뜯는 내용의 대부분이 사실이 아니거나 사실보다 과장된 것 아닐까요? 나의 가까운 이웃, 친구, 친척들의 조그마한 점들이 이 사람 저 사람에게 전해지며 엄청나게 커지고 맙니다. 결국 자신을 향해 욕을 하는 것과 같습니다. 남의 좋은 점만 이야기하려 해도 다 못하는 세상이라 하는데 하물며 나쁜 점만 들추어낸다면 결국 자신의 성격을 어둡고 빛나지 않게 할 뿐입니다.

흉을 보는 것도 하나의 버릇입니다. 내 주위를 모두 나쁜 사람으로 몰아붙인다면 자신도 나쁜 무리의 한 사람이 되고 맙니다.

약점이 없는 인간은 존재하지 않습니다. 누구나 장점을 지니고 있지만 단점도 지니고 있습니다. 단점을 이해와 관용으로 감싸주고 개선시켜주는 사람이 절실합니다. 가령 누가 나를 헐뜯는다고 했을 때도 나를 관찰하고 지켜봐준 관심의 표현이라고 생각하고 화내지 않는 여유 있는 마음이 필요합니다.

한 손가락으로 남을 가리킬 때 나머지 세 손가락은 나를 향하고 있다는 사실을 항상 명심하고 남의 나쁜 점을 이야기하지 말고 남의 좋은 점을 말하는, 그래서 친구를 사랑하는 마음이 따뜻하고 가득한 그런 사람이 되도록 우리 모두 노력하고 지금까지의 내 생활을 돌이켜 반성하는 계기를 가져보면 어떨까요?

오늘부터 친구를 사랑하는 절실한 마음을 가득 채워 봅시다.

시대의 변화를 따르려면

인간이 살아가고 있는 현대 세상은 하루가 다르게 급속도로 변하고 있습니다. 이런 세상에서 살아가기 위해서는 끊임없이 공부해야 하고, 신지식과 기술을 배우고 습득하기 위해 연구하고 노력해야 합니다. 과거 100년의 할 일을 10년이면 할 수 있고, 10년 걸릴 일을 2~3년이면 마칠 수 있는 시대에 우리는 살고 있습니다.

어느새 새로운 도로가 만들어지고 차가 달리며, 주변에는 2년 전에 논밭이었던 곳에 고층 아파트 단지가 조성되어 있습니다. 상가, 학교, 병원, 버스 정류장이 자리하고 있는 현실에 놀라지 않을 수 없습니다. 그뿐만이 아닙니다. 터미널이나 공항에 나가보면 세계를 여행하는 여행객과 연구나 봉사활동, 선교활동을 위해 해외를 오가는 수많은 사람들을 보면서 한국이 선진국을 넘어서서 세계 일류 국가로 도약했음을 알 수 있습니다.

선진국에 진입해 빠르게 달려가고 있는 우리나라 사람들의 역동성, 개인의 거주 이전의 자유가 어느 나라보다 자유롭고 편리한 대한민국은 과거 전쟁의 폐허를 딛고 빠르게 선진국가로 진입했으며, 굶주리고 가난했던 세월은 찾기 어려울 정도로 잘 사는 나라로 성장했습니다. 미래에는 전 세계가 우리나라를 선진 모범 나라로 벤치마킹할 날들이 다가오고 있으며, 한국이 어떻게 잘 사는 나라가 되어가고 있는지 배우기 위해 오고 있습니다.

특히 전자, 통신, 컴퓨터 기술의 발전은 최고 수준이며, 우리는 이런 기기를 언제 어디서든 다룰 수 있게 기능을 배우고 습득해야 현 시대에 뒤처지지 않고, 이용하면서 4차 산업 혁신국가를 향해 나아가고 있습니다. 세대별 문화 기술 부적응을 해결하는 일은 오직 스마트 기술의 적용을 활용할 준비와 태세가 이루어져 있어야 합니다. 동영상, 인터넷, 페이스북을 자유롭게 이용해 상대방과 원활한 소통을 할 때 시대에 뒤처지지 않게 살아가는 것입니다. 내비게이션이 미지의 장소를 안내하고 전혀 알지 못한 곳을 찾아가는 것처럼 복잡한 곳도 빠르고 쉽게 갈 수 있습니다.

다이얼 전화기, 손가락으로 누르던 전화기에서 현재는 스마트폰으로 무궁무진하게 진화 발전하게 되는 것을 알 수 있습니다. 교통 편익도 보면 시시각각 자신이 있는 곳, 갈 목적지 방향이 나타나며 있는 장소에 버스가 도착하고 몇 시에 몇 번 운행한다는 내용이 있어 편리한 시간대에 승하차를 할 수 있어 정말 편리해진 세상이 전개되고 있습니다. 변화를 두려워하며 세계를 망설이고 먼 길을 오고 가지 못했던 시대는 지났습니다.

70대도 친구, 동창, 지인들과 동영상, 메시지, 인터넷을 상호 교류하면서 현 시대에 걸맞게 문화 문명사회를 공유하고 즐기며 보람 있게 살 수 있습니다. 이미 인공 로봇이 나와 어렵고, 힘들고, 더럽고 복잡한 사람이 하기 어려운 일을 대행하는 세상이 되었습니다.

이런 시대에 평생 학습을 통해 변화에 적응하고 시대의 흐름에 발맞추어 기쁘게 힘차게 살아가야 할 것입니다. 건강을 유지하고 변화를 적응하면서 기술을 습득한 노인이 젊은 세대들에게 꿈과 희망을 따라 함께 가야 할 것입니다. 제4차 산업사회에 신지식을 배우고 익혀서 활용해야 합니다. 알아야 하고 아는 지식을 실제 적용하는 것이 정보화 시대며 인류의 이상 실현이 될 것입니다.

아름다운 세상은 어디에

매년 5월은 어린이날, 어버이날, 부부의 날이 있어서 가정의 달로 가정의 소중함을 알리고 가족 공동체의 기초가 사회 기본의 중요함을 깨우쳐 국가 사회의 공동 질서와 번영 발전을 위하는 달인 것 같습니다. 그래서 어떤 가정은 家和萬事成(가화만사성)을 가훈으로 정하고 가족이 화목하면 모든 일이 순조롭게 잘 이루어진다고 믿고 살아갑니다. 그런데 우리나라 안산 단원고 학생들의 수학여행 배 침몰 사고는 우리 인간들에게 무엇을 알려주고 무얼 깨우치게 한 것인지 되돌아보고 우리는 반성해야 할 것 같습니다. 수학여행 가다 청소년들을 잃었기 때문입니다.

왠지 청소년들이 밝고 기쁘고 즐거워야 할 희망, 우리 가족의 일환인 아들딸들이었는데… 선사의 잘못과 나쁜 어른들의 횡포가 보인 인사입니다. 가정에 힘이 충만하고 펄펄 날아오르려는 계절인데 내 마음도 답답하고 슬프고 우울함은 왜 그런지! 이런 마음이 슬픔을 아는 그래서 부모의 심정인가 생각 듭니다. 우리 조상들은 지혜롭고 예절이 강해서 슬픔을 맞은 단원고 학생을 서로 돕고 함께 슬퍼했습니다. 그래서 동방예의지국이라 했답니다.

그런데 요즘 세상은 참 이상하게 돌아가고 있습니다. 의(義)를 잃어버리고 이(利)만 따라 살고 있는 자들 때문에 도덕도 윤리도 무너지고 있는 것 같습니다. 그러므로 아름다운 세상은 어디로 가는지 답답하고 어지럽기도 합니다.

내가 어릴 적에는 동리에서 초상이 나면 온 동리에서 일손을 멈추고 초상집에 쌀과 죽을 쑤어 가지고 가서 함께 슬퍼해 주고 위로해 주었습니다. 그리고 밤샘하면서까지 고인과 명인을 애도하였습니다. 그래서 아름다운 미풍양속이 아름다운 세상이었고 동양에서 예의지국이란 명칭을 받았다고 확신합니다.

요즘 자신 조용하게 명상에 잠기면서 생각해보면 왜 얼굴 아는 이들은 많지만 마음 아는 이들은 많지 않은지, 내 마음을 아는 자는 그리 많지 않습니다. 또한 '술 마시고 밥 먹을 때의 형제는 많지만 위급하고 진정 도움이 필요할 때는 조금밖에 없어' 세상이 야속하기도 합니다.

그럼 아름다운 세상을 만들려면 이렇게 해 봅시다.

도덕, 윤리 교육을 강화합시다.
우리 삶에 주어진 책임과 의무를 다합시다.
전통 윤리를 생활화합시다.
선장이 자기만 살겠다고 선장의 의무를 무시하고 도망친 사건은 분명 살인 행위입니다. 마땅히 처벌받아야 합니다. 그리고 책임질 위치에 있는 사람들은 할 일을 확실하게 책임을 물어야 할 것입니다. 이번 사건은 분명 이익에만 눈먼 인재로, 의를 중시한 교육과 실행을 강화한 마음 교육을 해야 앞으로 우리나라는 이러한 가슴, 뼈가 아픈 대형 인재가 발생하지 않도록 예방에 힘써야 할 것입니다.

세상은 나 홀로 사는 것이 아니기에 나, 너, 우리가 함께 웃고 울면서 살아가야 하기 때문입니다. 나만 살겠다고, 우리끼리만 살겠다고 정직하고 깨끗한 내일의 청춘들의 영혼에 다시는 상처와 아픔을 주는 비행과 죄를 저지르지 말아야 합니다. 불합리한 행동을 없애야 할 것입니다. 함께 오랜 시간을 웃고 울며 삶의 깊은 향기를 풍기는 삶, 내게 주어진 거룩한 의무를 다해 건강한 가족, 이웃, 사회를 만들어 가야 합니다.

여백

붓글씨를 쓰면서 알게 된 구성 3요소는 자형, 배자, 공간구성입니다. 한 가지를 더하면 낙관 찍는 위치입니다. 제 아무리 여러 체의 글자체에 맞게 썼거나 글자를 잘 배치했어도 여백이나 틈이 적절하게 구성되지 않았다면 만족할 만한 수준의 글자로 인정받을 수가 없기 때문이지요. 이렇게 제자, 배치, 공간, 낙관 위치를 정확하게 구성하고 여백이 있어야 합니다.

수많은 나무숲을 보세요. 여러 종류의 수종이 가지와 잎을 드리우지만 제각각 한 잎, 한 잎, 겹치지 않고 틈이 있고 여백이 있어 햇살이 끼어들어 살아가고 있다는 사실이 새삼 놀라지 않을 수 없습니다.

이처럼 완벽한 사람이 없듯이, 틈과 여백은 인간의 생활에도 윤활유처럼 둥글둥글 모가 나지 않고, 딱딱하지도 않은 편안함과 부드러운 공간 구성이며, 여백으로 희망을 담을 수 있는 여유로움이요 무엇이든지 넣거나 뺄 수 있는 여유로운 화선지의 공간 모습이 됩니다.

틈이 있거나, 여백이 있다고 해서 굳이 메우려거나 가리려 너무 애쓸 필요도 없습니다. 그대로가 자연스럽고 부드러워 돋보이게, 가치를 살릴 수 있어야 합니다. 좀 허전해 보이고 빈틈이나 여백이 있어야 또 다른 공간을 채울 수 있을 테니까요. 인생도 마찬가지입니다. 완벽주의자보다 융통성 있고 시원시원한 빈틈 있는 사람이 좋습니다. 이해관계가 잘 소통하며 교감을 잘해 행복한 세상을 만들어 갈 수 있을 듯합니다.

여백이 있는 종이에 누군가의 꿈을 쓸 수 있고, 희망을 넣을 수 있으며, 공간의 구성은 오늘만이 아닌 내일을 더 충만하게 채워 갈 수 있습니다.

틈과 여백을 잊지 마세요. 내일의 못 다 쓴 마음의 글을 채워야 하고, 문을 열어서 또 다른 다양한 생각을 여유롭게 담아야 하기 때문이지요. 하루를 오늘이 마지막이라는 각오로 준비하고 대비하면서 지나간 세월의 미련과 아쉬움을 접고, 인생의 빈 여백을 아름다운 추억으로 채워 가리라.

내일의 태양이 떠오르고 오늘은 오늘의 현실을 즐기면서 나머지 여백을 더욱 보람으로 승화시키려고 노력해야 하겠습니다. 탑을 쌓아 올리는 심정으로 내 인생의 빈 여백을 쌓아 가고자 합니다. 틀에서 빠져나와야 진정한 자유인입니다. 싹이 트고 꽃이 피며 열매가 맺히고 자라서 결실의 기쁨을 주는 여백이 필요한 나날이길 바랍니다.

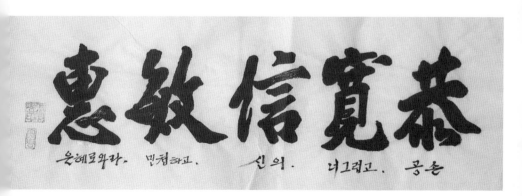

정직한 농사와 사랑

농사란 논밭을 갈아 곡류, 채소, 과일 등을 심어 거두는 일을 말합니다. 농사를 짓다, 농사가 잘 되다, 올해는 농사가 풍년이다 등의 표현이 있습니다. 자녀를 낳아 기르는 일에 비유하여 '자식 농사를 잘 짓다'라는 표현도 사용됩니다. 성실한 농부는 농사철이 되면 이른 아침부터 밤늦게까지 농작물을 돌보며 온갖 정성으로 자식 기르듯 농사일에 전심전력해야 농작물을 잘 키울 수 있습니다. 농부의 노고는 사랑이며, 농자는 정직하고 자연의 사랑을 받는 사람입니다.

자식을 키우는 심정으로 농사를 지어야 충실하고 좋은 결실을 맛볼 수 있습니다.

농사가 잘 되려면 몇 가지 조건이 필요합니다. 우선 토양 환경이 좋아야 하고, 씨앗이 우수 품종이어야 하며, 기후 조건이 알맞아야 합니다. 또한 농부의 노력과 투자가 잘 이루어져야 합니다. 햇볕, 공기, 물, 양분 공급이 선행되어야 하며, "작물이 농부의 발소리를 듣고 자란다"는 말처럼 부지런한 농부의 지극 정성으로 작물을 보살피는 사랑이 필요합니다.

씨앗은 오늘 심고 내일 당장 거두지 못하며, 땅 속에서 숨을 쉬며 시기가 오기를 기다려야 합니다. 마음에 꿈이 익어갈 무렵, 씨앗은 참을 수 없다는 듯 자신의 몸을 뚫고 싹을 내며, 한참의 시간이 지나야 열매를 맺고 자라서 사랑의 결실을 농부들에게 선사합니다. 오랜 노력과 시간이 지나서 얻은 아름답고 눈부신 열매들은 사랑의 씨앗을 뿌리고 정성스럽게 가꾼 달콤한 열매이며, 공들여 수확하는 감사의 결정체들입니다.

사랑은 정직한 농사와 같습니다. 이 세상 가장 깊은 곳에 심어 가장 늦은 날에 싹을 보게 됩니다. 그래서 농자는 천하의 근본이라 했나 봅니다. 새삼 감동을 느낍니다.

왜 싸울까?

사람이나 동물이 살아가면서 싸우는 이유는 여러 가지가 있습니다. 물질적 욕심이 지나치기 때문이며, 상대방보다 높게 보이려는 권력욕, 상대를 지배하려는 욕심, 그리고 자신이 속한 집단의 이해관계가 얽혀 있기 때문에 싸우게 됩니다.

우리나라의 경우를 예로 들어보면, 우리나라는 지정학적으로 주변에 힘이 센 중국, 소련, 일본, 그리고 미국이 남한과 북한을 두고 서로 힘을 내세워 평화통일을 방해하고 있습니다. 결국 자기 나라의 이익을 위해서, 자주적인 통일은 남북한이 한민족 국가로 단결하고 뭉쳐야 하는데, 서로가 이념 때문에 분단 이후 아직도 통일국가가 되지 못하고 있습니다.

국내 정치 상황도 마찬가지입니다. 여야가 힘을 합해도 부족할 형편인데, 여당, 야당 할 것 없이 자기네들의 당이 하는 일이 전부인 양 큰 틀의 합의 정신을 외면하고 국민의 대다수 의견을 결집하지 못하기 때문에 내부의 갈등 극복이 어렵습니다. 조선시대처럼 노론, 소론, 남인, 서인, 북인 이렇게 파당 정치로 일본에게 36년의 압박과 핍박을 당한 이 시점에도 남북이 분단된 현실에도 우리 위정자들은 싸움질만 하고 있어 평화통일의 길이 멀어지고 있습니다.

상대가 잘하면 함께 맞장구치고 협동 단합하는 국민적 단결이 필요하지만, 우리 남한은 여당, 야당이 밥그릇 싸움만 하며 단합된 모습을 보이지 못하고 있습니다. 북측은 미사일을 쏘아 올리고, 러시아와 중국은 우리나라의 방공식별 구역을 비행하며, 일본은 경제 보복 조치를 취하는 등 국내외 상황이 어렵게 돌아가고 있어 국민들은 편안하지 못한 실정입니다.

여기서 통일을 위한 아이디어를 소개하려 합니다. 외나무다리에서 힘이 비슷한 두 마리 말이 다리 중간 지점에서 만났습니다. 서로가 강물에 빠져 죽지 않고 살아가는 방법은 먼저 한 쪽 말이 엎드리면 다른 쪽 말이 밟고 건너간 뒤 일어서서 건너가면 두 말 다 살 수 있는 이치입니다. 만약 다리에서 서로 옥신각신 힘겨루기를 했다면 두 마리 다 강물에 빠져 죽었을 것입니다. 현재 우리나라 사정이 이렇습니다. 자기들의 주장만 옳다고 강변할 것이 아니라 서로가 상생할 수 있는 타협과 양보의 리더십을 발휘하면서 함께 살아가는 지혜를 발휘하면 나라 일이 잘 풀릴 것 같습니다. 현재나 미래를 향해 살아가는 사람도 모두에게 희망과 꿈을 간직하며 살아갈 수 있는 큰 틀의 도량 넓은 세상이 되었으면 좋겠습니다. 이는 남북 지도자가 결단하고 신뢰만 이루면 됩니다.

누구에게도 도움이 되지 않는 정쟁을 멈추고 극한 대립을 피하며 국민들의 민심을 똑바로 아는, 진정으로 국민의 민의를 존중하고 대변하며 우물 안 개구리가 되지 말고 수출, 수입을 다변화시키고, 산업 기술을 혁신하여, 대한민국의 품격을 바로 세우고 민족의 염원인 자주통일 국가를 이룩하기 위하여 파당 정치나 기득권 정치를 없애야 할 것입니다. 사욕의 정신을 버리고, 당리당략을 떠나서 영원한 평화와 번영을 누리는 대한민국을 위하여 한 마음 한 뜻으로 대동단결할 때만이 세계 속의 우리나라가 될 것입니다.

제발 초등학교 자치회만도 못한 국회의원들이 민의의 전당에서 꼴불견의 모습을 보이지 말고, 국민의 대변자요 사역인 국회가 바른 모습을 보여 주기를 간곡하게 호소하는 바입니다. 젊은이와 국민은 왜 안중에도 없이 싸우기만 합니까? 조금씩 내려놓고 대의를 위하여 양보하고 타협할 줄 아는 상생의 정치를 갈망합니다. 요즘 유행하는 말, 내로남불 한 번쯤 되돌아 생각해 보면 어떨까요? 제발 싸우는 정치 동물 국회를 타파하기를 모든 국민들은 바라고 있음을 알았으면 좋겠습니다. 세계는 우리나라를 주목하고 있습니다. 소탐대실, 진짜 싸워야 할 상대는 국내 우파, 좌파가 아니라 무역전쟁에 함께 임해야 할 것입니다. 자주국방을 대비하고 강대국과의 외교를 다지면서 힘을 길러야 합니다. 이 길이 진정한 승자의 길이 될 것입니다.

인생은 하늘의 명에 순응해야

인생은 나그네요, 구름이며, 물처럼 유유자적 흘러 바다로 향합니다. 사람은 태어나는 일, 성장하는 일, 돌아가는 일을 모두 피할 수 없습니다. 일상에서도 그러합니다. 밝은 날, 흐린 날, 손, 발, 얼굴을 칼로 베는 듯 아프고 추워 움츠리는 날도 있지만, 언제 그랬냐는 듯 하루가 쾌청하고 맑으며, 땅을 박차며 공중을 날아오르는 날도 있습니다.

기쁨과 슬픔이 교차되며, 해가 뜨고 지듯이 순환합니다. 자연 현상에 어떻게 적응하고 살아야 하는지 경륜과 나이는 알려줍니다. "늘 성실하고 겸허하게 살아야 한다"는 사자성어가 새옹지마와 흡사합니다. 인생의 신분도 그러해야 합니다. 화무십일홍이라는 말처럼, 곱고 예쁜 꽃들도 기껏해야 열흘 갑니다. 그래서 권력의 정점에 오른 사람들도 오를 때보다 내려올 때를 유의해야 합니다.

새옹지마란 인생을 살면서 길흉화복이 번갈아 오니 겸손하게 살라는 경구입니다. 건강 복, 재산 복, 출세 복이 있을 때나 없을 때, 사건이 있을 때도 실망하거나 노여워하거나 슬퍼하지 말고, 마음의 무게 중심을 유지하고 살아야 한다는 경종입니다.

이런 현상은 언제 일어날지 모르지만 누구에게도 예외는 없습니다. 그래서 하늘의 명령은 인간 마음대로 운명을 결정할 수 없는 일입니다.

우리나라 사람이 세계 선진(先進) 국민이 되는 길

우리는 인류의 한 사람으로서 만물의 영작(榮爵)으로 태어났습니다. 사람이 사람다운 생활을 위해서는 지켜야 할 도리가 있으며, 부모를 공경하고 효도하며, 형제간에 우애 있게 지내야 하고, 이웃과 사회생활도 예의와 질서를 지키면서 살아가는 것입니다. 나아가 애국 애족의 생활을 통해 인류 번영과 평화의 길로 나아가야 합니다. 우리나라는 유사 이래로 "동방예의지국"으로 알려졌고 아름다운 나라였습니다. 그런데 현재 우리나라 생활 모습은 어떻습니까? 폭력이 늘고, 어른과 아이가 소통이 잘 이루어지지 않으며, 도덕과 윤리가 타락해 가고 있고 교육도 소홀하게 다루어지고 있어 여러 가지 사회문제를 일으키고 있습니다.

돈이면 모두 다 할 수 있다는 황금만능주의, 배금사상, 능력에 어울리지 않는 권력욕, 부정부패, 약속을 하고도 지키지 않는 공약(空約)뿐. 일부 정치인 세력은 우리 편이 아니면 옳은 사상과 주장을 수용하지 않고 반대를 위한 반대 세력이 판을 치는 세상이 되어가는 현실이 심각한 우려를 하지 않을 수 없습니다. 분명 이런 현상은 극복해야 할 과제입니다. 이런 세상이 되어가는 이유는 어디에서 찾아야 합니까? 여러 가지 이유가 있겠지만 가장 큰 이유는 도덕과 윤리의 부재라고 말하고 싶습니다. 또 한 가지는 일부 몰지각한 정치지도자들에게 있다고 생각합니다. 국민과 공약을 해 놓고 지키지 않는 거짓 약속, 알맹이 없는 공약(空約) 때문에 신의가 깨졌기 때문입니다. 지도자가 되겠다고 국민을 섬기겠다고 출마한 사람들이 당선되면 자기의 소신과 국민과의 약속은 저버리고 당리당략으로 눈치를 보면서 직분을 수행하기 때문에 옳은 정의, 평등, 평화는 사라지는 것 같습니다. 도덕과 윤리가 타락한 세상은 희망이나 미래가 밝지 않습니다.

그런 사례는 조선 시대의 역사에서 알 수 있습니다. 나라가 위기 상황에도 불구하고 당쟁을 한 경우입니다. 노론, 소론, 남인, 북인, 서인 이렇게 자기들의 눈앞의 이익에 지역으로 편을 가르고, 힘을 분산시켰기에 일본에게 나라를 잃게 된 역사적 사실을 알아야 합니다. 또 한 가지는 양반, 상민 이렇게 신분을 갈라서 인간을 무시했기에 반발 세력들의 저항을 일으켜 나라의 힘이 분산되어 우리나라는 열강 국가들의 전쟁터가 되었던 것입니다. 유엔의 지원을 받은 남한과 중국의 지원을 받은 북한은 통일해야 할 한 민족이 남북으로 나뉘어 분단의 고통과 아픔을 안고 살아가야 하는 현실을 우리는 똑바로 직시해야 합니다. 우리 국민은 우수한 국민입니다. 미래의 선진 국민으로 세계 속에 우뚝 자리매김하려면 우선 국론을 모아야 하며, 고유한 우리의 윤리 도덕 교육을 강화하며, 서구 문명이나 문화의 무분별한 도입을 신중하게 하면서 윤리와 도덕 실행을 철저하게 해나가야 합니다.

세계에서 유일하게 남은 우리나라가 남북이 평화적 통일을 이루어 우리 민족 모두가 불안과 걱정 없는 대한민국으로 독립 국가를 이루기 위해 협심 단합하면서 노력하면 될 것입니다. 그리고 불신의 정치가 아닌 믿음을 심어 주는 정치 지도자를 뽑아 평화로운 대한민국의 위상을 세계에 알려야 할 때입니다. 인간으로 온전하게 누려야 할 평등, 평화는 우리나라가 힘이 있어야 하고 온 국민이 일치단결할 때 그리고 도덕과 윤리가 활발하게 살아 움직일 때 만물의 영작이 구실을 다하고 평화 통일의 길로 가는 일입니다.

이런 나라는 국민, 경제인, 정치인, 부모와 자식, 부부, 형제, 사람과 사람, 나라와 나라 사이가 사랑으로 뭉치고 결합될 때 나라다운 선진 대한민국이 통일된 세계 속의 빛나는 우리나라가 이룩될 것입니다.

즐겁게 보람차게 살아가는 사람

봄 꽃 중에는 산수유, 개나리, 진달래가 고장별로 기온차를 두고 이 지역 저 지역에서 피어나고, 봄나물 캐는 아낙들은 식구들의 반찬을 준비하기 위해 쑥, 머윗대, 미나리, 달래, 냉이 나물을 캐며 나른한 봄을 자연과 함께 시작합니다.

자연을 찾는 이들은 철을 제일 먼저 느끼면서 살아가며 "철이 언제 들려나"라는 말을 합니다. 이는 나이 또는 신체에 어울리지 않게 말하고 행동하는 사람들에게 하는 말입니다. 자연의 섭리를 알고 인간의 도리를 살필 줄 알라는 뜻입니다. 자연은 모든 인간에게 평등과 해방의 공간을 제공합니다. 가진 자나 못 가진 자나, 권력이 있는 자나 없는 자나, 계층의 골이 무의미하게 주어졌습니다. 세속의 계약관계에서도 해방된 참 자유인의 모습은 자연과 동화되어 일치를 이루어 흐릅니다. 무소유의 절대소유를 확인하고 감사할 수 있는 곳이 자연의 이치입니다.

돈과 명예와 권력은 어차피 한계가 있고 목표가 아닙니다. 자연과 신앙과 나눔의 사랑이야말로 우리를 넉넉하게 이끌어 줍니다. 소유하는 자가 아닌 향유하는 자, 지닌 자가 아닌 나눌 수 있는 자가 잘 살아가는 사람이며, 보람 있게 사는 사람입니다. 자연은 영원한 공동재산으로 임시 차용해 쓰는 만큼 보존하고, 아끼면서 가꾸고 즐기면서 후세에게 의미 있게 전수해 줘야 합니다. 대한민국의 협소한 국토에서도 자연보호운동이 불길처럼 번지기를 기원하며, 대한민국 모든 산에서 맑고 향기 그윽한 바람이 일면 좋겠습니다. 무등산, 계룡산, 팔공산, 금정산, 지리산, 한라산, 백두산까지 봄바람이 불고, 화합의 꽃이 피어 지역 간의 갈등도 몽땅 태워버리면 좋겠습니다.

즐겁게 살아가는 사람은 자연이 평등과 해방의 공간이라고 합니다. 자연을 살리고 보존에 힘써 길이길이 유산으로 전하면서 공기 정화를 위해 힘써야 합니다. 자연 속에서 권력과 부가 무의미하다는 점도 알아야 합니다. 향유와 나눔을 통해 인류의 참 가치를 실천해 나아가며, 언제나 생활을 즐겁고 보람차게 살아가면 모두가 좋겠습니다.

초심

우리들은 매년 해가 바뀌거나 새로운 직장에 들어가거나, 학교에 입학하거나, 결혼을 하게 되면서 새로운 각오나 다짐, 결심을 합니다. 술, 담배를 끊겠다, 어떤 일을 한다, 하지 않는다, 지킬 것이다, 목적을 반드시 이룩하리라 이렇게 자신과의 맹세를 합니다. 그러면서 하루, 이틀, 사흘, 일주일, 한 달, 두 달, 반 년, 일 년, 각심을 하고 실행해 갑니다. 그래서 대부분의 사람들이 초심을 지키려고 노력하지만, 의지가 약해지거나 힘들어 중도에 포기하는 경우도 있습니다. 작심삼일이라는 말처럼 굳은 다짐이 사라지고 원래 모습으로 돌아가는 이들을 볼 때, 주변 사람도 자신에게도 바람직한 모습은 결코 아닙니다. 이는 의지가 약하고 중간에 중심점이 흔들리며 핵심이 빠진 이유 때문입니다.

초지일관, 한 번 결심했다면 힘들고 어렵고 장애물이 있다 해도 그 길을 마칠 때까지 극복해 내야 합니다. 자신이 세운 계획을 스스로 지키지 못하면 누가 믿겠습니까? 불신 세상이 될 수 있습니다. 내 계획은 다음과 같습니다. 일일신우일신, 하루하루를 새롭게 지내도록 하고 또 새롭게 하며, 일주 계획, 반 년 계획, 연간 계획, 평생 계획을 세워서 지냅니다. 인생 장, 단기 마스터 플랜이라면 쉽게 이해가 되겠지요. 여기에는 독서와 서예를 하며 하루도 외부 일정과 내부 일정을 소화하면서 사람들을 만나거나 취미 활동, 건강 활동에 주로 시간을 사용합니다. 누가 말했지요, '인생은 장거리 마라톤'이라고. 그래서 호흡 조절을 하면서 제일주의는 건강, 안전에 신경을 쓰면서 산다 하지만 마음처럼 쉽지만은 않습니다.

인생 2막을 푸른 초원에 집을 짓고 사랑하는 임과 함께 씨 뿌리고 가꾸면서 멋진 높은 빌딩을 부러워하지 말고 행복하게 살고 싶습니다.

이 세상에 축복과 사랑 속에 왔으니, 무엇인지 모르지만 사람들에게 꼭 필요한 존재로 한 번쯤은 인간을 위하여 소금, 산소, 물, 대지 같은 사랑을 실천하는 멋진 사람으로 살아야겠다는 각오를 하면서 오늘 그리고 미래를 살고 있습니다. 친환경 건축 재료로 지어진 집, 삼나무 찜질방을 짓고, 황토벽을 붙여 주차공간이 편리한 주변을 구성해 가족 친지들이 언제라도 와 하루라도 편안한 쉼이 있는 제2의 나만의 공간을 이용하는 삶을 살아야 하겠어요.

봄에는 꽃이 만발하는 집, 여름에는 시원한 물이 흐르는 집, 가을엔 울긋불긋 단풍이 드는 집, 과일이 주렁주렁 풍성하게 열리는 집, 겨울엔 소담스럽게 장독 위에 눈 덮인 그런 집에서 책 읽고, 그림 그리며, 기술은 담금질하는 그래서 추억을 담는 제 2의 인생을 살겠습니다.

남아일언중천금, 한 번 말한 내용을 천금같이 소중하게 굳게 다지면서 긴 인생 마라톤 길을 완주하고 월계관을 쓰려고, 초심을 지키도록 노력하겠습니다. 현재는 꿈이지만 꿈을 꾸는 자의 몫이기에 달성될 날을 위해 서두르지도 멈추지도 않을 것입니다. 차근차근, 뚜벅뚜벅, 질서를 지키면서 목표를 이룩해야만 합니다.

글을 맺으면서

필자는 오로지 40년 가까이 교육자로서 한눈팔지 않고 가정, 학교, 교사, 교육자로 살아왔습니다. 퇴직을 하고 나니 그동안의 교사로 살아왔던 다양한 생각들이 영화의 스크린처럼 돌아감을 느끼게 합니다. 그래서 그동안 축적된 나만의 지식, 경험, 노하우를 전하고 싶은 생각에 이르게 되었습니다.

필자도 책을 쓸 수 있을까? 여러 번 고민하고 번민을 많이 했습니다. 그래서 우선 양서를 찾아 서점을 자주 돌며 다양한 책을 구입해 읽고, 글을 쓴 이들의 면면도 살펴 조금씩 알 수 있었습니다. 기대에 부푼 필자도 용기를 내어 책을 연습 삼아 자서전을 출간했으며, "내 마음에 빛이 있다면" 책을 출간도 했습니다. 그러나 책다운 책을 편다는 일이 결코 쉽지 않다는 사실도 알게 되었습니다.

이러한 경험을 기초로 첫째는 책의 주제를 어떻게 정해야 독자의 호응도를 높일 수 있겠는가? 둘째는 문학에 다양한 장르가 있는데 어떤 방식의 장르를 취해야 할 것인가? 셋째는 글의 구성에서 장, 절, 세부 문장을 어떻게 주제와 연관시켜야 할까? 고민과 생각을 많이 했습니다.

그 결정은 우선 문학의 다양한 장르를 활용하려고 노력했습니다. 가장 핵심은 모든 사람들에게 해처럼 밝고 어두움이 없는 주제를 소재로 글을 평상시 기록했고 틈나는 대로 원고를 모았습니다. 해와 관련된 해바라기, 나팔꽃과 자연현상의 소재 글, 다음은 사람의 마음을 나누는 공생, 공존에 관계된 내용을 담고자 노력했습니다.

그래서 문학 형식 장르는 다양하되 가능한 한 산문 형식처럼 정리하였습니다. 나열하면 산문 형식에다 좋은 본보기 글, 교양, 격언, 사자성어 인용, 훈화, 서신 등을 망라했습니다. 주로 교양 분야의 글들로 이루어졌음을 밝힙니다.

호사유피 인사유명(虎死留皮 人死留名)처럼 본인도 예술로 오래 남듯 이름을 남기고픈 생각을 했던 것입니다. 과분한 것 같지만 일상생활에서 나만의 역사를 정리하려 했습니다. 우주 내에는 빛, 소금, 불, 물, 해, 달, 나무, 흙, 좌우에도 수많은 자연물이 존재합니다. 우리 인간은 이러한 천연 자원과 공존하며 살 수밖에 없습니다. 그중 본인은 빛과 소금처럼 본성의 물질로 변하지 않기를 바라는 심정으로 사람도 만물의 영장으로서 영장답고 인간답게 살기를 바라는 깊은 의지를 살리고자 하였습니다.

인간성 회복도 그 진심을 잃지 않아야 합니다. 말은 진실을 토하지만 행동은 위선인 정도의 차이는 있지만 진리가 위협받는 세상을 두려운 심정으로 바라봅니다. 제가 쓴 글이 명작도 아니고 아쉬운 점이 있겠지만, 한 조각의 빛처럼, 소금처럼 세상에 도움이 되길 기대합니다. 그리고 황금만능, 물질우선 세상에서도 우리는 마음 나눔을 실천하면서 살기를 바랍니다. 이 글이 만족스럽지 못한 부분도 혜량으로 봐 주시길 바랍니다.

사람의 마음이란 참 이해하기도 어렵고 알 수도 없습니다. 공감하고 공명하면 어떨지!

– 장금섭